雨の日も、晴れ男

水野敬也

文藝春秋

雨の日も、
晴れ男

本文イラスト　服部幸平

プロローグ　二人の小さな神

二人の小さな神がいた。

一人の名をシュナ。もう一人はワンダー。

二人はまだ幼く、そして、よく一緒に遊んでいた。

ある年のクリスマスの朝。

シュナがニヤニヤと笑いながらワンダーに言った。

「ちょっとこっち来いよ」

そしてシュナは天上界の片隅までワンダーを連れてきた。

「いいもの、見せてやろうか？」

ワンダーは「うん！　うん！」と何度も首を縦に振った。

シュナは人差し指を唇に当て静かにするようにうながすと、きょろきょろと辺りを見回し誰もいないのを確認した。そして身に着けている白いローブの袖から一冊の手帳を取り出した。

その手帳を見た瞬間、ワンダーの表情が変わった。

「そ、それは……」

「そう。『運命の手帳』だぜ」

シュナは自慢げに胸を張った。

ワンダーの表情はみるみるうちに蒼《あお》ざめていった。

「まずいって！」

「なんでだよ。お前だって前から使ってみたかっただろ、この手帳」

「それはそうだけど……おやじたちに見つかったらとんでもないことになっちゃうよ」

「大丈夫だって。ちょっと遊ぶだけだからさ。後でちゃんと戻しておけばバレやしないよ」

そしてシュナは運命の手帳を開いた。手帳からはまばゆいばかりの光が飛び出しシュナとワンダーを包み込んだ。

「さあて……」

シュナはペンを取り出すと言った。

「誰を不幸にしてやろうか？」

ワンダーはびっくりして答えた。

「ふ、不幸にするの⁉　だめだよ！　どうせやるなら幸せにしてあげようよ」

するとシュナは鼻で笑って言った。

「バカだなお前は。人を幸せにして何が楽しいんだよ。ちょっと遊ぶだけなんだから、まだやったことのないことをしちゃおうぜ」

「で、でも……」

なかなか煮え切らないワンダーに対して、シュナはイラ立った声で言った。

「別にやらなくたっていいんだよ。お前がやらないなら俺一人で遊ぶからさ。でも、ワンダー、お前みんなになんて呼ばれてるか知ってるか？『弱虫ワンダー』ちゃん？」

ワンダーは顔を真っ赤にして言った。

「だ、誰もやらないなんて言ってないだろ」

そしてワンダーは下界を見下ろした。

「不幸にするんだったらさ、あ、あいつなんていいんじゃない？」

そう言いながらワンダーはある一人の男を指差した。

「あいつは、まだ若いのに会社を作ってお金持ちになっている。不幸にするにはもってこいじゃない？」

シュナはその男を見ると、首を横に振りながら言った。

「つまんない」

「なんでだよ」

「だってさ……」

シュナはあきれた顔でワンダーを見た。

「ありがちじゃないか？　成功をつかんだ男が、突然不幸に見舞われる。そんなのわざわざ俺たちがやらなくても、そこらじゅうに転がってるし」

そう言うとシュナは世界の隅々まで見渡せる千里眼で、ぐっと目をこらした。

そして、イギリスのロンドンにいた一人の男を見つけて指差した。

「あいつなんて、どうだ？」

ワンダーはシュナの指の差す先を見て、目を丸くした。

「どうして、あいつなの？」

シュナは、意地悪そうな笑《え》みを浮かべて言った。

「あいつは、どこにでもあるような家庭を持ち、毎日決まった時間に会社に行き、週末は家で子供と遊ぶ、平凡を絵に描いたような男さ。まさか自分が不幸になるなんて思ってないだろうよ。それが、ある日突然不幸になるなんて、面白くないか？」

ワンダーは気乗りしない様子でうなずいた。

「ま、まあ、いいかもね」

その様子を見たシュナは薄笑いを浮かべて言った。

「じゃあ、お前から書けよ」

シュナはワンダーに運命の手帳を渡した。

「い、いいよ。君から書きなよ」

ワンダーは手帳をシュナに押し戻した。シュナは鼻で笑った。

「やっぱりそうだよな。お前、怖いんだろ。怖いから書けないんだろ？　だからお前、みんなに言われるんだぜ、弱虫……」

「こ、怖くなんかないよ！」

ワンダーは、シュナの手から手帳を奪い取ると乱暴に開いた。そして震える手でこう書きこんだ。

AM9：00　目覚まし時計が止まる

ワンダーが書き込むのを隣で見ていたシュナは、ひゃははは！　と笑い転げて言った。

「なんだよ、それ！」

ワンダーは顔を真っ赤にして言った。

「な、何がおかしいんだよ」

シュナはひたすら笑い転げた後、ワンダーに言った。

「目覚まし時計が止まったくらいで、誰が不幸になるっていうんだよ」

そして「貸してみろ」とワンダーから手帳を奪い取ると、ササッと文字を書き込んだ。

AM11：00　仕事で大失敗する

「やっぱり一流の神ならこれくらいはできないとな。まあ弱虫には難しいかもしれないけど」

ワンダーは怒りでブルブルと震えながら言った。

「貸して！」

シュナから手帳を奪い取ると、今度は力強く書き込んだ。

PM2：00　見知らぬ男に殴られる

そしてフン！　と鼻息を荒くしながらシュナに手帳を返した。シュナはへぇと感心して言った。

「ちょっとはやるじゃんか」

こうしてシュナとワンダーは、運命の手帳に次から次へと出来事を書き込んでいった。お互いが意地を張り合っていたため、書き込みの内容は次第にエスカレートしていった。

思いつく限りの不運な出来事が書き込まれた後、ワンダーはシュナにたずねた。

「そういえば、あいつの名前は？」

シュナは下界を見下ろして男の名前を確認した。

「アレックス」

その名を口にした後、シュナは運命の手帳にアレックスの名前を書き込んだ。

AM9：00　アレックスの目覚まし時計が止まる

AM10：00　アレックスは会社の上司にいじわるされる

AM11：00　アレックスは仕事で大失敗する

AM12：00　アレックスは円形脱毛症になる

ＰＭ２：００　アレックスは見知らぬ男に殴られる
ＰＭ４：００　アレックスは詐欺にあう
ＰＭ７：００　アレックスは……
ＰＭ10：００　アレックスは……

「どうなるか、見ものだな」

シュナは下界を見下ろしながらつぶやいた。

ワンダーは落ち着かない様子で髪をいじりながら、視線をさまよわせていた。

AM 9:00　目覚まし時計が止まる

アレックスはベッドの中で目を覚ました瞬間、なんとも言えない居心地の悪さを感じた。アレックスは、自分が寝過ごしてしまったと直感した。急いでベッドの棚に置いてある目覚まし時計を見た。時計の針は7時15分を指している。

「なんだ、気のせいか」

アレックスはほっと胸をなでおろした。そしていつもの朝、そうするように、テレビのリモコンのスイッチを入れた。その瞬間、アレックスの背筋は凍りついた。

見慣れないテレビ番組が放送されている。

そして画面の端には、

9：00

と記されていた。

アレックスは再び目覚まし時計に視線を戻した。

よくよく見てみると、目覚まし時計の長針は数字の「3」の場所で進もうとしては戻り、進もうとしてはまた戻り、同じ場所でプルプルと震えていた。

アレックスは時計の針の動きを見ていると、だんだんと腹立たしさがこみあげてきた。遅刻をしたとき会社に向かう間の、あの何とも言えない嫌な時間を思い出した。上司から受ける説教。遅れてしまった仕事への焦り。ネガティブな感情が次から次へと浮かび上がってきた。アレックスは目覚まし時計を持ち上げて、壁に投げつけたい衝動に駆られた。

しかし、踏みとどまった。

そんなことをして一体何の意味があるだろう？

怒りに身を任せて時計を投げつけたところで、壁に傷ができるだけじゃないか。

そしてなによりアレックスが気になったのは、それがイギリス紳士としてあるまじき行為だということだった。

「こんなとき、真のジェントルマンであればどんな行動を取るだろう？」

アレックスはあごに手を添えてしばらく考えた。

そして、あることを思いつき「うむ。これだな」とうなずいた。

アレックスは、目覚まし時計を見つめて言った。

「時計くん」

時計は何も答えない。長針をひたすらプルプルと震わせている。

その時計を優しい目で見つめながら、アレックスは語りかけた。

「時計くん、君はあの日のことを覚えているかい？　私が君に一番最初に出会ったあの日のことを。私は君のシンプルで飾り気のない、控え目なフォルムに一目惚れをして衝動的に購入してしまったんだっけね」

アレックスは、窓の近くまで歩いて行き外を眺めた。強い日差しがアレックスの顔を照らす。

「あの時私は誓ったよ。これからの人生を君と共に歩んで行こうと。私が息を吸い、息を吐くのに合わせて、君はチクタクチクタクと時を刻む。そう。あの日から私と君の二人三脚は始まったんだ」

　時計は長針をプルプルと震わせている。

「そんな君を、長年のパートナーである君を、私がたった一度の失敗で見捨てると思うかい？　私がそんな器の小さな人間でないことは、隣で私をいつも見守ってきてくれた君が一番知っているはずだ。そうだろう？」

アレックスはにっこりと笑って言った。

「もう一度、チャンスを与えよう」

そしてアレックスは目覚まし時計のタイマーを再びセットし直した。

「私は今から再び眠りにつく。君は、きっちり15分後に私を起こしてくれたまえ。君が自分の仕事を果たし私の目を覚ましてくれたのだとしたら、今朝の件は水に流そう。それどころか、週に一度のメンテナンス及び使用する電池をアルカリ電池に換えるなどの厚遇を約束する。しかし、もし君が再び同じ失敗を犯してしまったのだとしたら、その時は……君とのパートナーシップは解消だ！」

そう言った瞬間、アレックスはガバッと布団を持ち上げ、ものすごい勢いで中に滑り込んだ。心地よいまどろみがアレックスに押し寄せる。アレックスは眠りに落ちて行く頭の中で思った。

（目覚まし時計にもう一度チャンスを与えるという紳士的な行動によって、堂々と二度寝をする。これは一種の発明かもしれんな……）

アレックスが次に目を覚ましたときは、９時30分だった。

「時計くん……」

長針をプルプルと震わせ続けている目覚まし時計を見て言った。

「君には失望させられたよ」

アレックスはため息をつきながら言った。

「長年辛苦を共にしてきたパートナーに対する答えが、これかね」

アレックスは目覚まし時計を持ち上げると振りかぶった。

「これで君とのパートナーシップは解消だ！」

そして、アレックスは目覚まし時計を壁に向かって投げつけようとしたが、すんでのところで腕を止めた。

「ま、まさか！」

素早く目覚まし時計に視線を戻した。

目覚まし時計の長針は「３」のところでプルプルと震えている。

「やはり、そうか……」

そしてアレックスはうん、うんとうなずいた。

「最近、疲れが溜まっている私の体を癒すために、わざと起こさずにいてくれたのだな」

目覚まし時計は何も答えない。

「君は、私をもっと眠らせてあげたいという一心で、全身に力を込めて、前に進みたがる長針の動きをストップしてくれていた。そうなんだね？」

アレックスは目覚まし時計に言った。

「時計くん、君こそが真のジェントルマンだ。イギリス紳士の鑑《かがみ》だよ」

時計の針は相変わらずプルプルと震え続けていた。

アレックスはふうとため息をついて言った。

「仕方ない。そこまで君の意志が固いのなら、今日のところはその気持ちに甘えさせていただこう！」

そしてアレックスはものすごいスピードで布団をかぶった。

（わざと起こさなかったという、目覚まし時計からの愛を受け取るという形で三度寝をする。我ながら、今日は頭が冴《さ》えている……）

アレックスはこうして心地よい眠りに落ちようとしていた。

その時だった。

「さっきから何やってんだ？」

「キャ、キャサリン……」

妻のキャサリンの丸太のような腕が、アレックスの襟首をつかんだ。

「会社、行かなくていいの？」

アレックスは内心では恐怖でブルブルと震えていたが、しかし胸を張って堂々と答えた。

「行かなくていいか、行かなければならないかで言ったら、行かなければならないだろうな」

「早く行けよ」

「はい」

アレックスは急いでスーツに着替えた。朝食用のリンゴを鞄の中に放り込むと、駆け足で玄関に進んだ。しかし、再び身をひるがえして二階に上っていった。二階には息子のジョージの部屋がある。

アレックスはジョージの部屋の前に行くとそっと扉を開けた。

中をのぞくとジョージの布団がゆっくりと上下しているのが分かった。

「よく眠っている……」

この時アレックスは、目覚まし時計が止まったことにより、自分だけでなくキャサリンもジョージも自分と同じように寝坊したことが分かった。

「みんなの疲れも取れたことだし、これで我が家も安泰だな」

小さな声でそうつぶやいたあと、アレックスは大急ぎで家を飛び出した。

＊

「おかしいな……」

シュナが頭をひねりながら下界を見下ろしていた。

シュナは、人間が焦って動揺する様子が見たかった。しかしシュナの期待とは少し違った結果が生まれていた。

不満げなシュナの隣でワンダーは、アレックスに好奇心を抱き始めていた。

「あんな人間は今まで見たことがないぞ」

アレックスは他の人間とは違う何かを持っているような気がした。しかし、それが何であるかは分からなかった。

シュナは天上界の真っ白の地面を蹴り飛ばしながら言った。

「次は、もっと大変なことが起きるからな。覚悟しろよ、アレックス！」

AM10:00　上司にいじわるされる

ハアハアと息を切らしてオフィスに到着したアレックスは、

「申し訳ありませんでした！」

と頭を下げた。

しかし、アレックスの目に飛び込んできたのは見たこともない顔の男だった。

「君が、アレックスか……」

爬虫類《はちゅうるい》のような鋭い目をした男が目の前に座っていた。男はアレックスをにらみつけると乾いた声で言った。

「私は、今日からこの部署を任されたニールだ。正直に言っておこう。初めての職場で遅刻してきた君に対する私の評価は、君が思っている以上に、低い」

アレックスの顔から血の気が失せた。よりによって、新しい上司の配属日に遅刻をしてしまったのだ。

この時、アレックスは瞬時に判断した。

「遅刻の失敗を取り戻すのだ。今すぐに」

アレックスは、深呼吸をして息を整えると、ゆっくりと口を開いた。

「ニール、あなたはきっと言いわけが嫌いでしょう。しかし、今日はあなたと私が出会った最初の日。この日の記念として、一つ私に遅刻したことの言いわけをさせていただくことはできないでしょうか？」

ニールは、無表情で答えた。

「ダメだ」

「どうしてですか？」

「私は遅刻をする男を認めない」

ニールはアレックスから視線を外し、デスクのパソコンモニターを見ながら言った。

「そして、遅刻という事実だけでなく、私は君を生理的に、認められない」

ニールはアレックスがまるでそこに存在していないかのように、自分の仕事に戻った。

アレックスはその場を動くことができなかった。

本来であれば遅刻という失敗は仕事で取り返すべきなのかもしれないが、アレックスはこの場で挽回《ばんかい》できる方法はないだろうかと考えてみた。

アレックスの目がパッと輝いた。そしてゆっくりと口を開いた。

「聞いてください、ニール。あなたが私のことをどう思うか、それはあなたの自由だ。しかし、今日の遅刻に関しては、どうしても一言だけ言わせていただきたい。言わねばならないことがあるのです」

ニールはパソコンのモニターから再びアレックスに視線を戻すと、めんどうくさそうに言った。

「君の遅刻にどんな理由があろうと私には関係ない。しかし、一応聞いておこうか。君はどうして遅刻したんだね」

アレックスは、神妙な口調で語り始めた。

「ニール、あなたは『GANRYUJIMA』をご存知ですか?」

「『GANRYUJIMA』? なんだそれは」

アレックスはコホンと咳払いをすると、手を後ろで組み歩き出した。

「私たちの住むこのロンドンから、遠く離れた場所に位置する島国、日本。その日本における伝説の武士、宮本武蔵と佐々木小次郎が決闘をした場所、それが『ＧＡＮＲＹＵＪＩＭＡ（巌流島）』です」

「……君は何が言いたいんだ？」

「まあ落ち着いて聞いてください。ライバルだった宮本武蔵と佐々木小次郎は巌流島を決闘の地に選んだ。しかし、宮本武蔵はまともに闘っては勝ち目がないと考えたのです」

「すまないが、要点だけを言ってもらえないか」

「まあ、慌てなさんな、ニールさんよ」

「何だその口のきき方は！」

ニールが声を荒らげた。その瞬間をアレックスは見逃さなかった。

「そうです、ニール！　まさに今のあなたのような状態です！　宮本武蔵はあえて約束の時間に遅刻することによって、佐々木小次郎を怒らせ、冷静さを失わせた。つまり、こういうことです、ニール。今あなたは私の術中にある！」

「君は、バカか？」

「バカはお前だ、ニール！」

そう言ってアレックスはニールを指差した。

「ニール、このことはよく覚えておくといい。今日からこの部署のトップとなったあなたには、予想もしなかったような様々な問題が襲いかかるだろう。しかしその時も、冷静さを失わなければ必ず最後は勝利することができる。よろしいか、ニール？　私はそのことを、あなたにどうしても伝えたくて遅刻してきたのです。遅刻してきたというより、遅刻しなければならなかったのです。なぜなら、それが我が社に伝わる伝統的な儀式『ＧＡＮＲＹＵＪＩＭＡ』なのですから」

ニールは目の前のデスクに座っている女性にたずねた。

「彼の言っていることは本当か？」

「ウソです」

その瞬間だった。

「申し訳ありませんでした！」

オフィス中に響きわたるような大声でアレックスが叫んで頭を下げた。限界まで腰が折られた、深々としたおじぎだった。しかし、アレックスの動きはそれに止まらなかった。

「申し訳ありませんでした！　申し訳ありませんでした！　申し訳ありませんでした！」

何度も頭を下げながら、後方にジャンプしてニールから離れていった。その動きは、まるでエビのようだった。これは、アレックスが会社生活の中で考案した、上司の説教からの脱出《エスケープ》方法であり、アレックスはこれを「エビスケープ」と名付けていた。

デスクに到着したアレックスは何事もなかったかのように座った。ニールがぽかんと口を開けてアレックスを見つめていた。

同僚のロンが近づいてきて、アレックスの肩をポンと叩いた。

「ＧＡＮＲＹＵＪＩＭＡの件に関しては社内報で特集させていただくことにするよ。『封印された弊社伝統の儀式、甦る』のタイトルでね」

ロンはにっこり笑って言った。

「お前のそういうところが好きだ」

アレックスも微笑《ほほえ》み返した。

「ロン、君ならそう言ってくれると思っていたよ」

アレックスはロンに向かってウィンクをした。

しかしそんなアレックスとロンの親しげなやりとりを、苦虫を噛《か》み潰したような表情で見ている男がいた。サイモンだった。サイモンはアレックスに向かって言った。

「空気読めよ」

サイモンは、入社当時からアレックスを目の敵にしていた。「どうしてこんなヤツと一緒に働かなきゃならないんだ」そう毎日のように不満を言いながら、いつかアレックスを貶《おとし》めてやろうと狙っていた。サイモンは小さな声で、しかしアレックスに聞こえるようにつぶやいた。

「これで、お前の出世は閉ざされたな」

ロンはサイモンをにらみつけた後、アレックスに向き直って言った。

「アレックス、気にするな」

しかし、その後のアレックスの行動に、ロンとサイモンは驚かされることになった。
アレックスは突然、あははは！　と笑い出したのだ。
「どうしたんだ、アレックス？」ロンがたずねた。
「な、何がおかしい？」サイモンも気味悪がって言った。
しかしアレックスは大笑いしたあと、サイモンに顔を向けた。
「サイモン、このことは覚えておくといい」
そしてアレックスは、鋭い目つきでサイモンをにらみつけて言った。

「私の辞書に『出世』という二文字はない」

サイモンは、予想もしなかった言葉に呆然《ぼうぜん》とした。ロンはニヤリと笑ってサイモンの肩を叩いた。
「『アレックス語録』が生まれる歴史的瞬間に立ち会えるとは。サイモン、君は相当なラッキー・ガイだぞ」

＊

「ぐぐ……」

シュナは奥歯を噛みしめてくやしがった。

不幸になるはずのアレックスは落ち込むどころか、まるでその状況を楽しんでいるかのように振舞っていた。

ワンダーは、ますますアレックスに興味がわいてきた。

「どうしてアレックスは上司からいじわるをされたのに、あんな行動が取れたのだろう？」

ワンダーはアレックスの行動を大地に刻んでみることにした。

［ワンダーのメモ］

アレックスは、いいわけをした。

AM11:00　仕事で大失敗する

自分のデスクに戻ったアレックスは遅刻の失敗を取り戻そうと、書類を開いて仕事にとりかかった。その瞬間だった。

「アレックス！」

大声でアレックスを呼ぶ声がする。アレックスが振り返ると、そこにいたのはジェラードだった。ジェラードは、アレックスの顧客の中でも一番の得意先である。

しかし、彼がアレックスのオフィスに直接来ることは滅多にない。

（どうしてジェラードがここに？）

ジェラードは大きな腹を揺らしながら鬼のような形相で迫ってきた。

「商品が届いてないぞ！」

「え……？」

呆気《あっけ》にとられるアレックスに対してジェラードは早口でまくしたてた。

「今日商品が確保できなければ、明日の納品に間に合わないんだ。お前もそのことは分かっていたはずだろ！　どうしてこんなことになっているんだ！」

　そんなバカな……。

　アレックスの額《ひたい》を冷たい汗が流れた。この数週間、アレックスはジェラードへの納品を最優先事項として進めてきた。もちろん昨日何度も確認したから問題ないはずだった。しかし、今日になって納品できてないという。

　一体どうして――。

　アレックスは動揺する心を落ち着けながらジェラードにたずねた。

「商品名は……」

　ジェラードは顔を紅潮させ、口から泡を飛ばして言った。

「ＢＳ－４型ＫＯＫＥＳＨＩに決まってるだろ！」

　＊アレックスの勤務するフレデリック・ウッド社は、ロンドンにある日本の伝統商品を扱う会社である。「ＫＯＫＥＳＨＩ（こけし）」の他にも「ＢＯＫＵＴＯ（木刀）」や「ＧＥＴＡ（下駄）」など、主に木製品の製造を行っている。

「すぐに生産工場に問い合わせるから、少しだけ待ってくれ」

アレックスはすばやく受話器をとると、慌てふためいて電話をした。

「……そうだ、BS-4型だ。何？　今朝、工場に来たら跡形もなく、消えていただと!?　そんなバカな話があるか！」

声を荒らげるアレックス。その様子を見てジェラードが言った。

「失望したよ、アレックス」

「ジェラード、待ってくれ」

「私が待ったとしても、私の取引先は待ってはくれないんだ」

そう言うと、ジェラードは背中を向けた。

「待ってくれ」

アレックスはジェラードの右腕をつかんだ。しかし、ジェラードはアレックスの手を振り払った。

「アレックス……お前とは、もうこれきりだ」

オフィスでは、同僚たちがアレックスとジェラードのやりとりを一部始終見ていた。ニールの鋭い視線が突き刺さった。サイモンが笑っていた。

しかし、アレックスはあきらめなかった。アレックスは、渾身《こんしん》の力を振り絞って叫んだ。

「ジェラード！」

ジェラードは無視して歩き続けた。

「ジェラード！」

ジェラードは振り向かない。アレックスの声など全く聞こえていないかのように進んでいく。アレックスは腹の底からありったけの声を出した。

「ジェラード、これを見ろ！」

ようやく振り向いたジェラードは、アレックスを一目見ると驚愕した。

「なんだ……なんなんだ、それは……」

アレックスは、言った。

「これが、ＤＯＧＥＺＡだ」

アレックスは額を床面に密着させ、両手のひらをまっすぐに自分の顔の横に置く、完璧な「ＤＯＧＥＺＡ（土下座）」を見せた。

「これが……ＤＯＧＥＺＡか」

ジェラードはアレックスの近くまで駆け寄ってくると、地面に膝をついて興奮のあまり震えだした。

ジェラードは大の日本マニアだった。日本を愛し日本に傾倒していた彼は、その日本好きが高じ、こけしの仲介業を営んでいた。

ジェラードは、アレックスの生《なま》土下座を潤んだ瞳で見つめた後、ゆっくりとうなずいた。

「一日待とう。それまでは私がなんとかする。その代わりそれ以上遅れたら、分かるな？」

アレックスは、無言で、自分の腹を真一文字に切る動きをした。

「ハラキリッ、ハラキリィ！」

ジェラードは恍惚《こうこつ》の表情を浮かべながら、ふわふわとした足取りでオフィスを去っていった。

アレックスは、ジェラードをなんとか説得できたことに安堵のため息をもらしたが、すぐさま気を引き締めた。

アレックスは、その足で生産工場に向かい、工場長を呼び出した。

「今朝、商品が全部消えていたという話は本当ですか？」

工場長は、しどろもどろに答えた。

「そ、そうなんです。私にも何が起きたのか……」

アレックスは要点をすばやく言った。

「今日中に、ジェラードに納品しなければならないのです。何か方法はありませんか？」

工場長は泣きそうな顔で言った。

「無理です」

「無理だと思ったら、可能なことも不可能になります。もう一度考えてみてください。何か方法はないのですか？」

しかし、工場長は首を横に振った。

「全ての生産をBS-4型に向けたとしても、期待量の半分が限界です」

アレックスは、何か方法はないかと頭をフル回転させた。BS－4型をなんとか調達する手段はないのだろうか？

しかし効果的な方法は思い浮かばなかった。このロンドンでこけしを生産しているのはこの工場以外存在しないのだ。しかも、「工場」という名称で呼ばれているこの場所ですら、広さにして20㎡ほどの小さな一室なのだった。こけしは全て手作りだった。

アレックスは、部屋の隅にある椅子に腰掛けると頭を抱えた。

「商品の納入は不可能だ。だとすれば、ジェラードを納得させる方法は一つしかない」

このときアレックスが考えた方法とは、ジェラードの取引先と直接交渉をして、商品の納入を半分で済ませるということだった。ロンドンこけし業界は狭い。ジェラードの得意先は聞いたことがある。ビンセントという名の男が代表を務める会社だ。

「ビンセントに会うことができれば、何とかなるかもしれない」

アレックスは、ビンセントの会社の場所を調べると、工場を後にした。

　ビンセントの会社に向かう途中、アレックスは手土産を買うために魚市場に寄った。

＊　＊

　ビンセントの会社に到着したアレックスは、フレデリック・ウッド社のこけし担当者であることを告げ、直接ビンセントに面会したいと申し出た。

　ビンセントの会社はＩＴ関連など多くの事業に手を伸ばしており、こけしの取引は事業のほんの一部でしかなかった。代表のビンセントはビジネス界の寵児《ちょうじ》ともてはやされ、ロンドンタイムズの表紙を飾ったことがあるほどの男だ。相当に多忙である。

　小一時間待たされたアレックスのもとに、ビンセントの秘書が現れて言った。

「今から5分であれば、お話を聞くそうです」

（ここが勝負どころだ……）

アレックスは決意に満ちた表情で立ちあがった。

秘書に案内されて通された社長室は、今まで見たこともないような大きな部屋だった。ビンセントはガラス張りの部屋からロンドン市内を見下ろして立っていた。年は40代後半といったところだ。がっしりとした体つきをしていたが、それ以上に彼の体から発せられるオーラのようなものにアレックスは縮み上がった。

「君か？」

時計を見ながらビンセントが早口で言った。

「手短に頼むよ」

アレックスは胸の鼓動を落ち着かせ、単刀直入に結論に向かった。

「私の不始末で、今日入荷予定のこけしの納品が遅れております。半分は今日中に入荷できます。しかし、残り半分の納品は期日を延長していただきたいと思い……」

「それはできない」

アレックスの言葉をさえぎるようにして、ビンセントが言った。

「私は約束を守らない会社とは取引をしないことにしている」

アレックスはその言葉を聞くが早いか、瞬時に床にはいつくばった。

「お願いします」

ジェラードを納得させた、ＤＯＧＥＺＡだった。

「お願いします」

アレックスは摩擦で地面から煙が上がりそうなほどに、何度も何度も額をこすりつけて懇願した。しかし、ビンセントは「ふん」と鼻であしらうと言った。

「ジャパニーズ・ドゲザか。そんなものは『クロサワ映画』で見飽きたよ」

そしてビンセントはパンと手を叩いた。

「お客様がお帰りだ」

部屋はどんよりとした、重い空気に包まれた。しかし、アレックスはあきらめるわけにはいかなかった。アレックスは、無言のまま、土下座状態からスーツの上着を脱ぎ出した。

「何の真似だ？」

困惑するビンセントをよそに、アレックスは、上着を脱ぎ捨てた。

すると……

アレックスの上着の下から現れたのは、体を包み込もうかというほどに大きな「マグロ魚肉」だった。

ビンセントは、口をぽかんと開けて言った。

「ま、まさか。それは……」

アレックスは言った。

「ＳＵＳＨＩ（寿司）です」

アレックスは、土下座で身をまるめた体をシャリに見立て、その体の上に大きなマグロの魚肉を覆い被せることで、「寿司」を体現していた。これこそが、アレックスが独自の研究開発によって考案した「ＳＵＳＨＩＤＯＧＥＺＡ（寿司土下座）」だった。

ビンセントはゆっくりとアレックスに近づくと、恐る恐る手を伸ばしマグロ魚肉を持ち上げた。そして、魚肉の下にあるものを確認すると感嘆のため息をもらした。

「……パーフェクトだ」

アレックスは、自分の体とマグロ魚肉の間に、待合室で見つけたパターゴルフ用の緑の芝生を挟んでいた。これは「ＷＡＳＡＢＩ（わさび）」を表現していた。

こけしを事業として扱っているビンセントも日本マニアに違いないというアレックスの読みは、ここでも的中したのだった。

ゆっくりと首を振り、感嘆のため息をもらすビンセントを横目で見ながら、アレックスはすっとマグロ魚肉を脱ぎ、体についた新鮮な魚血を払いながら言った。

「期日、延ばしていただけますか？」

ビンセントはコホンと咳払いをすると言った。

「これを見せられたら、延ばすほかあるまい」

「ありがとうございます」

深く頭を下げると、会社に戻るべくアレックスは体をひるがえした。しかし、背後からビンセントの声がした。

「君、名前は？」

「アレックスです」

「……覚えておこう」

アレックスはおじぎをして部屋を後にした。アレックスは会社への道すがら、こんなことを考えた。

（ジェラードには、このことは報告せずに、玩具の刀を使ったハラキリのデモンストレーションを見せてやろう。ジェラードのやつ、喜ぶぞ）

アレックスはオフィスに戻ると、パソコンを立ち上げメールボックスを開いた。すると、受信フォルダに一通の新着メールがあった。

送信者は、「ビンセント」だった。

ビンセントからのメールは簡潔に、次の内容が記されていた。

「次会うときは、『ＦＵＪＩＹＡＭＡ』を見せてはくれないか？　このリクエストに応えてくれるのなら、悪いようにはしない」

アレックスは、このメールを眺めながらしばらく考えた後つぶやいた。

「ＦＵＪＩＹＡＭＡの雪を表現するためには、髪を白く染め上げる必要があるな」

アレックスは椅子から立ち上がり、駆け足でトイレに向かった。

＊

シュナは下界を見下ろしながら、あきれ気味につぶやいた。

「アレックスがバカなのは分かったけど、ビンセントってやつ……あれも相当なバカだぞ」

ワンダーは、ますますアレックスの行動に好奇心を抱くようになっていた。

「アレックスは、取引先との信用を失いそうになった。しかし直接謝りに行くことで、ビンセントという大物と仲良くなった」

ワンダーは、大地に文字を刻んだ。

［ワンダーのメモ］

アレックスは、あやまりにいった。

AM12:00　円形脱毛症になる

「なんだこれは……」

トイレの鏡に映る自分の頭を見ながら、アレックスはつぶやいた。頭の一部から毛髪が抜け落ち、円形を作っていた。アレックスは右手の人差し指で、毛の抜け落ちた部分をゆっくりとさすってみた。

「これは、いわゆる円形脱毛症ではないか」

アレックスは抜け落ちた部分を、近くの髪で隠そうとしてみた。しかし、くっきりとかたどられた脱毛部位は簡単に隠れる様子はなかった。

「と、とにかく」

アレックスは自分に言い聞かせるようにしてつぶやいた。

「今一番大切なことは、円形脱毛になってしまったという事実をくよくよ考えないことだ。脱毛を気にしすぎることで、どんどんストレスがたまって、かえって脱毛を広げることにもなりかねない」

アレックスは、どうすれば円形脱毛に対してストレスを感じずに生活できるかを考えた。結論が出るのにそう時間はかからなかった。

「ひらめいたぞ」

アレックスが考えたのは、脱毛部位にちょっとした変化を加えることだった。

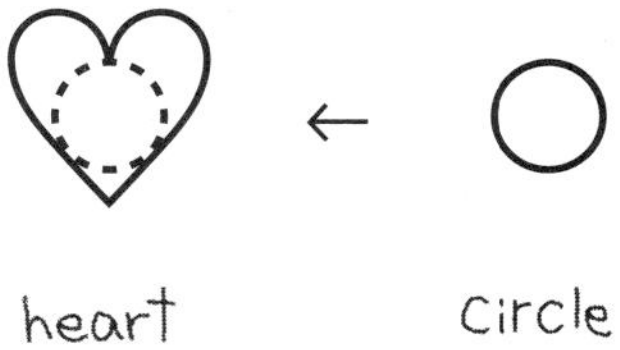

アレックスは、脱毛部位の周囲の毛をさらに抜くことによって、「円形」↓「ハート形」にすることを思いついた。そうすれば、円形脱毛という恥ずかしい部位も一転、チャームポイントになるかもしれない。

アレックスは早速ハサミを持ってきて髪を切り、髪の生え際をカミソリで丁寧に整えた。

「かわいい……」

ハート形脱毛は、想像した以上にかわいらしく、愛おしく感じられた。アレックスは思った。

「女子たちはこのハート形脱毛を一目見て、こう言うに違いない。『ねぇアレックス、ちょっと触らしてもらえるかしら?』。そして、艶《なまめ》かしい指先で、脱毛して敏感になった私の頭皮をもてあそぶのだ」

アレックスの妄想はさらに膨らんでいった。

「いつからか女子たちの間でこんなことがささやかれるようになるかもしれない。『アレックスの頭のハートにタッチすると恋が実る』。そして私の頭を触るために、女子たちが長蛇の列をなすのだ。いつしかこの場所は『縁結び脱毛』と呼ばれ、ロンドンの名物スポットとして多くの観光客が……」

そんな想像をして興奮していると、アレックスの頭皮は紅潮し、脱毛した部位はピンク色に染まっていた。

「こ、これは！　よりリアルなハートに近づいている！」

このときアレックスは、自分の妄想が現実のものになることを確信した。

「この部分はとりわけ清潔にしておく必要がある」

アレックスはペーパータオルを水で濡らし、頭皮を何度も丁寧に磨いた。

＊

アレックスはデスクに戻ると同僚のロンをつかまえて言った。

「ロン、ちょっといいかい？」

「なんだい、アレックス？」

「つかぬことをたずねたいのだが、私のどこかに『変化』は見られないかな？」

「変化？」

そう言うとアレックスは、ロンに向かって、得意げに頭部を突き出して言った。

「変化、だよ」

ロンはすぐさま気づいて表情を変えた。

「アレックス、毛が抜けてしまってるじゃないか」

ロンは悲しい顔をして言った。アレックスは少し残念に思った。

「ロン、確かに、私の毛は抜けたかもしれない。しかし、もっと目をこらしてよく見てくれ。私の脱毛には、他とは違う、決定的な何かがないかな？」

「他とは違う、何か……」

「そう。その違いを見つけてほしいんだ。その違いは、今後、脱毛界でイニシアティブをとるのは間違いなくこのアレックスだと、そう確信できるような違いなんだ」

ロンはアレックスの頭部に顔を近づけて、真剣な眼差しで脱毛部位を眺めた。そして、円形脱毛の周囲を視線でなぞると、しげしげとアレックスを見て言った。

「触ってみてもいいかね」

「答えは、ＹＥＳだ」

ロンは人差し指で、恐る恐るアレックスの脱毛部位に指を置いた。押してみた。ロンがアレックスの脱毛部位を押すと、アレックスも頭をロンの人差し指に向かって突き出した。ロンは何度もアレックスの頭皮を押した。そのたびに、アレックスは頭をロンに向かって突き出した。ロンはアレックスがどうして自分に向かって頭を突き出してくるかが分からなかった。アレックスの脱毛部位の点検を済ませた後、ロンはつぶやいた。

「すまないアレックス。きっと原因は私にあると思うのだが、私には、君の脱毛の持つオリジナリティを見つけることができない」

しかしアレックスはあきらめなかった。アレックスは自分の脱毛部位をよりリアルなハートに近づけるために、色々と恥ずかしいことを想像してみた。アレックスは自分の頬を赤く染めると、（今だ！）とありったけの力を込めて、自分の頭をロンに突き出した。

――二人の間に沈黙が流れた。

ロンは申し訳なさそうに言った。

「ところでアレックス。その……もうそろそろ教えてくれてもいいんじゃないか？

君が脱毛のパイオニアだというその理由を」

しかし、アレックスは何も発せず、歩き出した。

オフィスの廊下を、肩を落としてとぼとぼと歩いていくアレックス。ハート形脱毛は素晴らしいアイデアだと思われた。しかし最も身近にいるロンでさえ、それに気づくことができなかったのだ。アレックスは、脱毛に関して根本的にとらえ直す必要を感じた。

アレックスはトイレに戻り鏡を見た。

「あ！」

アレックスはショックのあまり、洗面台に手をついた。

なんと、脱毛部位の形が変わっていたのである。

自身の創作したハート形脱毛に気づいてもらえないというストレスからか、脱毛はさらに周囲の毛髪へと侵食し面積を広げていた。さきほどの美しいハートの形はすでに見る影もない。アレックスはイラ立ちから頭をかきむしると、またパラパラと髪が抜け落ちていった。

「ハートでは、だめだ」

アレックスは、致命的な欠陥を発見した。それは、「ハートは形が崩れるという危険がいつもつきまとう」ことだった。もっと言えば、ハートの形が崩れるのではないかという不安がつきまとうかぎり、それがストレスになり、毛が抜け、ハートの形はどんどん壊れていくという脱毛スパイラルに陥ってしまう。

アレックスは、ハート形脱毛というサンプルを通して一つの大きな「気づき」を得た。

それは……

「脱毛部位（ハゲ）が広がることが、自分にとって喜びになっていなければならない」

脱毛を砂漠にたとえるとするなら、まだ残っている毛髪は生い茂る緑だった。しかし「砂漠化の進行を遅らせねばならない」という強迫観念がストレスとなり、結果的に砂漠化の進行を加速するという皮肉な結果をもたらしたのだ。

そこでアレックスは、脱毛＝砂漠というネガティブな考え方を根本的に変える必要があると考えた。

「しかし……」

ここでアレックスは一つの難題にぶち当たった。

「脱毛すればするほど、それが自分にとってプラスだと感じられるのはいかなる状態なのだろうか？」

アレックスはこの日、会社に着いてからまだ一秒も仕事をしていなかったが、ひたすらこの難題について考え続けた。

そして、一つの解答を得たのだった。

アレックスは、マジックを取り出すと脱毛部位に文字を書きこんだ。そして、鏡を見たアレックスはニヤリと笑った。

「これだ」

こんな事態に
なる前に
(020)1179696

アレックスは、脱毛部位にカツラメーカーの広告を入れることを考えたのだった。そうすることで、仮に脱毛部位がどんどん広がったとしても、それは新たな広告スペースを得ることを意味し、広告スペースが増えれば増えるほど、多くの収入が流れ込んでくることになる。毛が抜ければ抜けるほど、それはアレックスにとって「おいしい」話となるのである。

「よし、それでは早速カツラメーカーに連絡し、私がいかに広告塔として適しているか、プレゼンを行おう」

アレックスはトイレの扉を開けた。

輝く未来を背負ったアレックスの足取りは軽やかだった。

＊

シュナは何度も地面を蹴とばしながら言った。

「なんなんだよ、こいつは！」

シュナは再び運命の手帳を取り出した。

「もう我慢できないぞ」

「ちょっと、何する気？」

　ワンダーは心配そうにのぞきこんだ。

　しかし、シュナはワンダーの言葉を無視して、運命の手帳に新しい一行を書き加えた。

PM1：00　アレックス、会社をクビになる

　ワンダーは驚いて言った。

「ちょ、ちょっと、もうやめようよ、これ以上不幸を増やすのは」

　するとシュナはふんと鼻で笑って言った。

「さっきから見てても、あいつは全然不幸になってないじゃないか。あいつには、これくらいやらないとダメなんだよ」

　新しく書き足された出来事を見て、ワンダーはますます取り返しのつかない状態になっている気がした。しかし、すでに記されてしまった運命を変える方法は教わっていなかった。

どうすることもできないワンダーは、またいつものようにアレックスの行動を振り返ることにした。円形脱毛症になってしまったアレックス。しかし、アレックスはまるで何か楽しいことを見つけたかのようにオフィスに戻って行った。

ワンダーは大地に文字を刻んだ。

[ワンダーのメモ]

アレックスは、あそんでいた。

PM 1:00　会社をクビになる

トイレから戻りデスクに座ろうとした瞬間、アレックスを呼ぶ声がした。

ニールだった。

「アレックス、話がある。会議室まで来てくれ」

そう言うとニールは席を立って歩き出した。その後を追いながらアレックスは思った。

「もしや……」

そして、確信してうなずいた。

「ビンセントの一件が評価されたのだ」

アレックスの表情がパッと明るくなった。

「これで遅刻の失敗も取り戻せたに違いない。いや、それどころか……昇進もあるぞ」

アレックスはニヤニヤと笑いながら会議室の扉を開いた。

ニールは、自分の正面の椅子を指して、アレックスに座るよう指示した。アレックスが椅子に腰掛けるのとほとんど同時に、ニールは口を開いた。

「良い知らせと悪い知らせがある」

ニールはアレックスの顔をのぞきこんだ。

「どちらを先に言おうか？」

間髪いれず、アレックスは答えた。

「悪い知らせでお願いします」

アレックスはおいしいものは後に取っておくタイプの人間だった。アレックスは緊張しながらニールの口もとに神経を集中した。ニールが言った。

「結論から言うと、君はクビだ」

アレックスの顔から血の気が引いた。あまりの突然の言葉にアレックスの頭の中は真っ白になった。アレックスは言った。

「すみません、聞き間違えたのかもしれないのでもう一度お願いします」

ニールは冷たい、機械のような口調で答えた。

「君は我が社にはもう必要ない。クビだ」

混乱する頭を整理すべく、アレックスは必死に考えをまとめようとした。

私の目の前にいる男は自分の上司で、彼は私を解雇しようとしている。この年で解雇されたら私はどうやって生きていけばいいのだろうか。家族はどうなる？　子供の学費は？　家のローンは……？

ふとアレックスの頭に奇妙な考えが浮かんだ。

「もしかしたら、ニールは『クビ』と言ったのではなくて、『チクビ』と言ったのかもしれない」

アレックスはさらに考えを進めた。

（ということは、つまり、ニールは私をわざわざ会議室にまで呼び出して、「君は乳首だ」と告げていることになる。だとしたら、私を吸いたい、という告白なのだろうか？　どうして私を吸いたいのだろうか。そもそも、私は吸われたいのだろうか？　否。私は吸われたくない。断じて吸われたくない。しかし、それが上司の、ひいては会社の望むことだとしたら、私が取るべき行動は一つだけだ）

アレックスはおもむろに上着とシャツを脱いだ。ニールはアレックスのＹシャツの生臭さに思わず鼻をつまんだ。寿司土下座の残り香だった。

アレックスは両腕を寄せ、上半身を絞り、胸をせり上げると言った。

「どうぞ、存分に」

「アレックス、君は一体何をしているんだ？」

「これが我が社の、ひいてはイギリス国のためになるのであれば、私の二つの黒乳首、喜んで差し出しましょう。さあ、存分にお吸いください！」

「ふざけるな！」

ニールは机をバン！　と叩いた。その音でアレックスは我に返った。

「も、申し訳ありません」

少し遠い世界に旅立っていたアレックスは、再び目の前の現実に舞い戻った。

アレックスは心を落ち着けて言った。

「どうして私は解雇されるのでしょうか？　理由を教えてください」

「君に言う必要はない」

あまりにも一方的な物言いだったが、今は解雇を白紙に戻す方法を考えねばならなかった。アレックスは、話を変えた方がよさそうだと考えた。

「そういえば……」

アレックスは思い出したように言った。

「先ほどの、『良い知らせ』というのは何なのでしょうか？」

ニールは答えた。

「良い知らせというのは、『君が会社からいなくなる』ということだよ。無論、会社にとって良い知らせという意味だがね」

そう言うとニールは皮肉っぽく笑った。

ニールの嫌がらせの言葉に、アレックスの表情が一変した。

アレックスは、一つ大きな息をして足を組み直すと、ゆっくり口を開いた。

「私がクビだということは分かりました。しかしその理由を言う必要はないという。それでは、こういうことでよろしいでしょうか？　私の能力があまりに高すぎるがゆえに、あなたには使いこなすことができない、と」

ニールは眉間にしわを寄せながら言った。

「君がどう思おうとかまわんが」

「いや、そこはハッキリさせてください。いいじゃないですか、どうせ私はいなくなるのだから。あなたの一言で私は救われるのです」

ニールはしぶしぶ答えた。

「ああ、そうだ。君の能力が高いからだ。これで満足か？」

「特に、どの点で優れていますか？」

「は？」

「私の能力です。どの点が優れていますか？」

「……………」

ニールは言葉を失った。しかしアレックスは平然と話し続けた。

「職を失った私は、これから新しい職を探さなくてはならない。そのためには、自信を持って自分を売り込まねばならないのです。そこで私の能力のどういった点が優れているかを知る必要があります。教えてください。私のどの点が優れていますか？」

ニールは口をつぐんだ。その様子を見てすかさずアレックスはつけ加えた。

「ちなみに、この解答に時間がかかればかかるほど、私の優れた部分が思いつかないということであり、私に対して失礼なことになっていきます。できるかぎり早く答えることをおすすめします。もう一度聞きますが、私の優れている点はどこですか？」

「どうしてそんなことを答えねばならんのだ。時間の無駄だ」

ニールは席を立ちオフィスに戻ろうとした。しかし、その前にアレックスは立ちはだかった。

「私には、妻と子供がいる。家庭がある。しかし、その全てがあなたの一言で路頭に迷うのです。ニール、これは、私の最後のお願いです。一つくらい真剣に私のいいところを考えてみてください。一つくらいあるはずです」

ニールは頭をかいた。

この問いは、ニールにとって非常に難しい問題だった。なぜなら彼は、今日初めてアレックスに会ったのだ。

ニールはしげしげとアレックスを見た。

そして、やぶから棒に言った。

「顔、かな」

ちなみに、アレックスはイギリス男性の平均を少し下回るくらいの、凡庸なルックスをしていた。しかし、ニールの「顔が優れている」発言を受けたアレックスは肘《ひじ》かけに肘をつき、両手を組み合わせた。そして背もたれが折れそうになるほど、限界まで体を反らしながら言った。

「その話、詳しく聞かせてもらいましょう」

ニールはその場を一刻も早く立ち去りたかったが、しかし、同時にアレックスの行動に恐怖を覚えつつあった。今、目の前で興味津々《しんしん》に自分をのぞき込んでいる男は、会社をクビになったことで何をしでかすか想像もつかなかった。ニールはできるかぎり穏便にことを進めようとした。ニールは言った。

「そ、そうだな、目だ。目に愛嬌がある」

ほほう、とあごをさすりながらアレックスは言った。

「鼻はどうですか？」

「鼻もいい」すぐさまニールが言った。

「いい鼻をしている。高すぎず、低すぎず、だ」

ニールの言葉に満足したのか、声を強めるアレックスだった。

「出せますかね？」

「何を？」

「写真集です」

「写真集？」

「私の写真集です。仮に私がこの会社を辞めて写真集を出したら、欲しいと思いますか？」

「……ん、ああ。欲しいね」

「嘘はやめてください。あなたは、私の写真集が欲しい、喉から手が出るほど欲しいという顔はしていません」

「すまないが、私は、写真集というものを買ったことがない」

「そんなあなたでも、欲しがるような写真集にしたいのです。それくらいの魅力がないとミリオンは難しいでしょう」

「ミリオン……」

「家族を路頭に迷わせないためには、ここでどうしてもミリオンが欲しいのです。そこで、ニール、私の上司として最後のアドバイスをいただきたい。私の写真集がミリオンセラーになるために、何かアドバイスはありませんか？」

この男は一体何をしようとしているのだ？

ニールは頭をかきむしった。

しかし、真剣に詰め寄ってくるアレックスに恐れをなしたニールは、ここで何らかのアドバイスをしなければ話が終わらないと考えた。

ニールは、しどろもどろに答えた。

「……ボディだな」

そして噛み締めるように繰り返した。

「やはり、写真集でミリオンを狙うには、ボディを鍛えねばならないだろう」

アレックスは素早くメモ帳を取り出すと、こう書き込んだ。

Body

ニールが言った。

「あとは、スマイル。輝くようなスマイルが必要だ」

アレックスは先ほど書いたボディの下に、こう書き込んだ。

Smile

そして一息つくと、ニールは言った。

「これで、ミリオンだ」

この言葉に、アレックスはいささか驚いた様子で聞き返した。

「これだけで、ですか?」

「そうだ、それだけだ。なぜなら君には、『フェイス』がある。君にとって最大の強みと呼べる『フェイス』がね」

アレックスは、メモ帳に書き込んだ。

Face

そして、「Body」「Smile」「Face」を丸でくくると、こう書き込んだ。

アレックスは「よし」とつぶやいて満足気な表情を浮かべた。

その様子を見たニールは、「それでは」と席を立ち扉に向かった。

しかし、アレックスは、

「最後に」

とニールの背中に向かって言った。

「この類《たぐい》まれなフェイスを持った私を、御社のイメージキャラクターとして再雇用する気はありませんか？」

ニールはくるりと振り返り、人差し指をアレックスの眉間《みけん》に突き当てて言った。

「それだけは、ない」

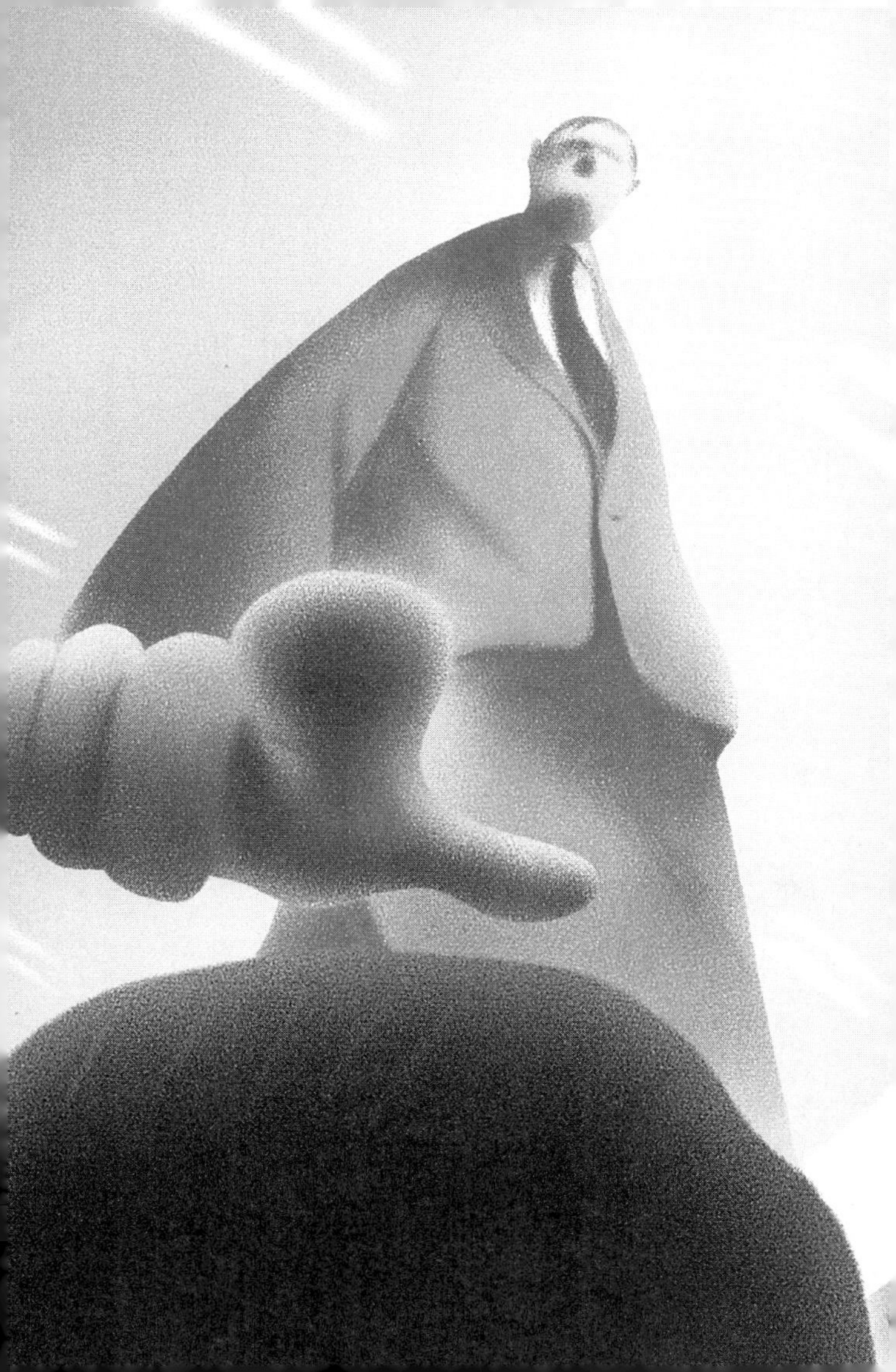

「なかなかに、いい流れだと思ったのだが……」

気持ちいいくらいきっぱりと「ない」と言われ、仕方なく自分のデスクに戻った。

荷物を整理しなければならない。

長年勤め上げた会社を去るのは、しかもこんな形で突然去らなければならないのは本当に心が痛んだ。アレックスのデスクにある備品の一つ一つが「アレックス、行かないで」と泣いているような気がした。

気づいたらロンが隣に立っていた。

「まさか……アレックス」

「お別れだ、ロン」

ロンは怒りで拳《こぶし》をわなわなと震わせていた。

「サイモンだ。サイモンが君のせいでチームが足を引っ張られ、営業成績が伸び悩んでいるとでっちあげたんだ。奴はお前を陥れるために前から計画を……」

早口でまくしたてるロンの唇を、アレックスの人差し指が優しくふさいだ。

「いいんだ、ロン。もういいんだよ」

そしてアレックスは一枚のメモを取り出して、ロンに手渡した。

このメモを数秒間凝視したあと、ロンはつぶやいた。

「アレックス、意味が分からないよ」

アレックスは言った。

「今は、そうかもしれないな、ただ……」

そう言いながらアレックスは、にっこりと笑った。

「この笑顔を忘れないでくれ。これが近々ロンドンを席巻するアレックス・スマイル、略して『アレックスマイル』だ」

それは、ロンが今まで見たこともないような、不器用で不細工な笑顔だった。

あんぐりと口をあけて呆然《ぼうぜん》と突っ立っているロンの横で、エイヤ！　と掛け声をあげたアレックスは、猛烈な勢いでヒンズースクワットを始めた。5回ほど上下運動をすると、ハアハアと息を切らして言った。

「まずは、Bodyだ」

＊

「………」

シュナは完全に言葉を失っていた。

わざわざ手帳に書き足してまでアレックスを不幸にしようとしたのに、またもや期待を裏切られた。シュナの機嫌は最高に悪くなっていた。

ワンダーは下界を見ながら思った。

「アレックスは本当に写真集を出すつもりなのだろうか？」

いつも謎の多いアレックスの行動だったが、今度ばかりはワンダーも何がなんだかさっぱり分からなかった。

ワンダーはとりあえず、思ったことを大地に刻んでおくことにした。

［ワンダーのメモ］

アレックスは、かんちがいした。

PM 2:00　見知らぬ男に殴られる

アレックスは、オフィスから少し離れた場所にあるカフェにいた。

ニールとやりあっていた時のアレックスとは雰囲気が一変していた。

がっくりと肩を落とし、生気が感じられない。先ほどアレックスが描いた将来のビジョンは精一杯の強がりだったのかもしれなかった。

今、アレックスは、職を失ったという現実の真っただ中にいる。

アレックスは力の入らない手でメモ帳とペンを取り出すと、ゆっくりと文字を綴《つづ》り始めた。

長い間、お世話になりました——。

遺書の書き出しだった。

しかしアレックスは次の言葉を書き進めようとはせず、ずっとその文字だけを眺めていた。長い時間が過ぎた。

そしてふと、あることを思いつき、メモ帳のページをめくり、ペンを走らせた。

「ない！」

スーツのポケットに入れておいた「遺書」がどこにも見当たらない。

もしかしたらキャサリンが私の遺書を見つけてしまったのではないだろうか？

その日は不安で朝まで眠りにつくことができなかった。

あくる朝。寝不足の私は目をこすりながら、恐る恐るリビングに向かった。

すると、出来たてで湯気を立てているスープとハムエッグの横に、私の書いた「遺書」が。

そして、その隣に、ある本が山積みされていた。

そのタイトルは……

「Job Hunter」

キャサリンは言った。

「死ぬくらいなら、次の仕事見つけに、早く行けよ」

私の瞳から大粒の涙がこぼれた。

そのとき、私は妻に、二度目の恋をしたのだ——。

回顧録『私を支えてくれた人』

「ないな」

アレックスはつぶやいた。

「あいつに限って……ないない、そんな感動のストーリーは」

会社をクビになったことをきっかけにして深まる夫婦の絆《きずな》を前向きに想像してみたものの、いまいちしっくりとこないアレックスだった。

それならばと、全く違う女性との出会いを想像してみた。


「僕たち似たもの同士だね」

そう言って、僕は彼女の手に自分の手を重ねた。

まだ会ったばかりなのに、なぜか強い親近感を覚える。

「うん……」

か細い声で彼女がうなずいた。

その時、僕は思った。

こうして彼女と手をとりあって生きていきたい。

そして今度こそ幸せな家庭を築きたいと――。


『ハローワーク・ブギ』

「何をやっているんだ、私は」

アレックスは大きなため息をついた。

「こんなことをして何になる。私がしているのは現実逃避じゃないか」

アレックスの表情が真剣になった。

「私は今日、職を失った。それは、事実だ。しかし、この出来事をきっかけに新しい何かを生み出すことができるかもしれない」

アレックスは一つの結論にたどりついた。

「もし、私が今の最悪な状況から抜け出し、職を失う前よりも多くの収入と幸せを手にしたなら、その道のりを本にしよう。そうすれば、同じような状況に陥っている人を元気づけることができるかもしれない」

アレックスはこのアイデアが気に入った。

「では、今のうちにこのどん底の状況について詳しく書き残しておこう」

メモ帳のページをめくると、今回は神妙に文字を書いた。

Nothing is Everything

「これが本のタイトルだ」

今後成功していく自分を想像すると、少しだけ勇気がわいてきた。

早速、本の「はしがき」を書き始めた。


本当に、多くのものを失った……。


しかし、アレックスは最初の一行を書いて、ペンを止めた。

「これでは渋すぎるか……」

嫌いではない書き出しだったが、この本のターゲットに若い世代を取り込むために、少しポップな形に書き直してみることにした。


本当に、多くのものを失った……。(T_T)

あははは！　思わず噴き出したアレックスだった。顔文字を一つ書き加えただけで言葉の重みが一気に軽くなる。ニタニタしながら時折声に出して笑い、どんどんペンを進ませていった。

その様子を見て、カフェの女性店員がクスクスと笑っていた。

アレックスは赤面してうつむいた。

「笑われてしまった。……しかし笑顔の可愛らしい娘さんだな」

アレックスは胸が熱くなるのを感じた。それはアレックスにとって久しぶりの感覚だった。

（こういう気分もたまにはいいもんだ）

そう思いながら薄笑いを浮かべていると、突然意地の悪い声がアレックスの耳に飛び込んできた。

「なんだ、こいつ？　気持ち悪ぃ」

顔中にピアスをつけ、首元にチェーンを巻いている若者がアレックスを見ていた。アレックスは若者をにらんだ。顔にピアスをあけようが、チェーンを巻こうが、それは個人の自由だ。しかし、初対面の人に対して、失礼な振舞いをする奴を許すことはできなかった。

アレックスの視線を感じた若者は言った。

「なんだ？　何か文句あるのか、このシット野郎」

若者が近づいてくる。

距離が近くなるにつれてアレックスは縮みあがった。アレックスは生まれてこのかたケンカをしたことが一度もなかった。若い頃に多少鍛えた筋肉も、今となっては全て脂肪に変わっていた。アレックスは椅子から立ち上がってつぶやいた。

「仕方ない、ここはＤＯＧＥＺＡか」

膝を地面に落とそうとしたその瞬間だった。可愛らしい店員がこちらを見ているのが分かった。

（あの店員の前で無様な姿は見せられない……）

アレックスは落とそうとした膝を再びシャキッと伸ばし、叫んだ。

「テメェ！　ケンカ売ってんのか、コラ！」

アレックスは叫びながら、隣の席でエスプレッソをすすっていた老婆の胸倉をつかんだ。そしてすかさず、

「すみません、人違いでした」

と丁重に頭を下げた。

これは、大声を出すことによって若者を威嚇しようというアレックスの作戦だった。

(どうだ、ティーネイジャー?)

アレックスは自分の心理作戦の効果を確かめるべく顔を上げた。

その瞬間、アレックスの顔面を若者の拳がとらえた。

アレックスの心理作戦は水泡に帰した。

もんどり打って倒れたアレックスに若者が飛びかかり、何度も蹴り上げた。アレックスは両手で頭を抱え、カタツムリが殻の中に逃げ込むように丸まることしかできなかった。蹴られながらアレックスは思った。

「周りの奴らは一体何をしているんだ。早く助けてくれ……」

しかし、カフェにいた客たちはアレックスを助けるそぶりすら見せなかった。

アレックスは助けを求めて叫んだ。

「ご老人！」

しかし耳が遠いのか、老婆は何事も起きていないかのようにエスプレッソをすすっていた。

「もうだめだ……」

アレックスが希望を失いかけたその時だった。

「やめてください！」

アレックスと若者の間に割って入った人影があった。

先ほどの可愛らしい店員だった。

彼女は震える体と声で、しかし気丈に、暴力をふるう若者の前に立ちはだかった。

女性店員は若者をキッとにらみつけると言った。

「警察を呼びますよ！」

しかし、アレックスを蹴り続けていた若者は、「警察でも何でも、呼べばいいじゃねえか」そう言って拳《こぶし》を振り上げると、女性店員を張り倒した。

信じられない光景だった。

女性に手を上げる卑劣な男が存在するということをアレックスは悲しく思った。

しかし、何よりも悲しかったのは、そんな事態を前にしても、足がすくんで一歩も動けない自分だった。

（何とかしなければ……）

しかし体が震えて動かない。

「せめて、あと10歳若ければ……」

アレックスの頭にはそんな言葉が浮かんだ。しかし、その瞬間、アレックスは思い直した。

「私は、あの娘さんを守れなかったことを、この年老いた体のせいにする気なのか？」

アレックスの心が、体が、熱くなった。それは、アレックスの自分に対する怒りから来るものだった。

「このまま終わるわけにはいかない」

アレックスは決意を固めた。不利は不利として、現実を受け止め、しかし前に進むしか道はない、そう覚悟を決めた。

倒れた状態から後方に転がり若者の攻撃をかわすと、ふらふらと立ちあがった。

そして……上着を脱ぎ捨てた。

さらに、シャツをボタンごと引きちぎった。

シャツのその下からは、たるんだ腹が顔を出した。

アレックスは天井に向かって両手を広げ、カフェの店内にこだまするような大声を出して叫んだ。

「体脂肪率33％。アレックス、見参！」

そして、「うおおおお！」と叫びながら若者めがけてどたどたと突進して行った。

体勢を低くして若者につかみかかろうとしたアレックスだが、髪をつかまれ膝蹴りを食らい上体をのけぞらされると、顔面にストレートを叩き込まれた。

アレックスの鼻から血がポタポタとしたたり落ちる。まぶたが腫れあがった。

しかし、アレックスは両手を広げて大声を出した。

「体脂肪率33％。アレックス、見参！」

カフェ店内の客は、アレックスの行動に興味を示し始めていた。

「どうしてあいつは、さっきから自分の体脂肪率をわざわざ申告してるんだ？」

アレックスは愚直に若者へ突進して行く。

そして、あっさりと蹴り飛ばされた。

その衝撃でアレックスは近くのテーブルにもんどり打って突っ込んだ。席には中年のカップルが座っており、彼らの飲み物がアレックスと共に倒れ、中身がぶちまけられた。

すると、アレックスは素早く立ち上がり、矢のようなスピードで紙ナプキンを手に取るとテーブルと床を拭き、ポケットから10ポンド紙幣を2枚取り出し、テーブルの上に置いて言った。

「クリーニング代です」

そして、改めて若者に向き直ると、両手を広げてこう言った。

「体脂肪率32％。アレックス、見参！」

「あ！　あいつ、微妙に体脂肪少なくしたぞ！」

アレックスは、この短期間の運動で密かにダイエットに成功したことをアピールした。

「頑張れ体脂肪！」

興奮して叫ぶ者も出てきた。

何度、殴られ、蹴り飛ばされてもアレックスはひたすら立ち上がり、そして自分の体脂肪率を声高に告げ、若者に立ち向かった。

「アレックス、負けるな！」

アレックス支持者の数はどんどん増えていった。

「アレックス！　アレックス！」

店内にはアレックスコールが鳴り響いていた。若者を応援する者は誰もいなかった。客、そして従業員までもが、アレックスの勝利を期待していた。カフェの店内がアレックスにとってのホームと化していった。

そして、アレックスの反撃が始まった——。

周囲の人間が全て敵であるかのような空気に呑まれたのか、若者が周りを見ながら叫んだ。

「お前ら、うるせぇぞ、このシット野郎ども！」

そして、若者が自分から目を離したこの機会を、アレックスは見逃さなかった。

アレックスは痛む体を振り絞り、若者の腹に渾身のＫＡＲＡＴＥＣＨＯＰ（カラテチョップ）を食らわせた。

「ぐ……」

若者の表情が苦痛にゆがんだ。

この戦いにおける、アレックスの初めてのクリーンヒットだった。

しかし、見た目を重視したカラテチョップでは、若者にそれほどダメージを与えることはできなかった。アレックスを仕留めようと、再度、若者の拳が襲いかかろうとした。その瞬間だった。

「プシャッ」

若者の顔面に茶色の液体がかかった。

それは、アレックスの口から発せられたカフェ・ラテだった。

机に衝突した時に転がったドリンクを拾い上げ、それを口に含んでＤＯＫＵＧＩＲＩ（毒霧）の要領で吹きかけたのだった。

カフェ・ラテは霧のように若者の顔面を包み込み、視界を奪った。

と同時に、若者の顔面にアレックス渾身の右ストレートが叩き込まれた。

もんどり打って倒れる若者。

「アレックス！　アレックス！　アレックス！　アレックス！」

アレックスコールが一段と高まる。大歓声がカフェ中にこだまし、フロアが揺れた。

アレックスは地面にうつぶせに倒れている若者を見下ろして言った。

「小僧。これがイギリス紳士の戦い方だ」

しかし、アレックスが勝利の余韻に浸れたのも数秒のことだった。

「キャア！」

女の悲鳴が聞こえる。

何事だ？　アレックスが振り返ると、若者が立ち上がっていた。

右手には……ナイフが握られていた。

「テメェ、ぶっ殺してやる。このシット野郎！」

多くの観衆の前で恥をかかされたことで逆上した若者は、うつろな視線をアレックスに投げかけながらゆっくりと近づいてくる。

アレックスは緊張しながら若者に語りかけた。

「落ち着け、落ち着くんだ……」

しかし、若者にナイフを手放す様子はない。

先ほどの歓声は嘘のように静まり返り、店内では機械が時折出す、ブウゥンという震動音以外は何も聞こえなくなった。アレックスの額《ひたい》に脂汗がにじんだ。

「どうすればいい……どうすれば」

アレックスは考え続けた。

しかし、若者からナイフを奪う方法は思いつかなかった。

ただ、ほとんど同時に、若者の背後のガラス越しに警察の制服が見えた。

アレックスが若者に殴られ始めたとき、カフェの店員が密かに警察に通報していたのだった。店内の客たちも警官が向かっていることに気づき、胸をなでおろした。

しかし、アレックスだけはそう思わなかった。

警官がもうすんでの所まで来ていることを知ると、いよいよアレックスは焦り始めた。

「このままでは、この若者の将来が……」

アレックスは、自分の席まで素早く移動すると、鞄から朝食用に入れておいたリンゴを取り出した。そして若者に向かって飛びついた。その瞬間、ナイフがアレックスの脇をかすめた。

「ぐっ」

アレックスの表情が悲痛にゆがむ。

しかし、アレックスは耐えながら若者の右手をナイフごとつかむと、力を込めてリンゴに押し当てた。アレックスの手のひらから血が流れ出す。

そのとき、もつれ合っている二人の前に警官が立った。

「通報があったぞ。何をしているんだお前たちは」

若者は警官を見て縮みあがった。その隣でアレックスは警官をにらみつけて言った。

「この若者に、リンゴの皮むきを教えています」

そして、アレックスは若者に向き直った。

「薄く、もっと薄くだ」

不審そうな目をしている警官をよそに、アレックスは若者の手をつかみ、そのままリンゴの皮を円状にむき続けた。警官はアレックスの手を見て言った。

「おい、お前、血が出てるじゃないか！」

アレックスは、朦朧《もうろう》とし始めた意識の中で、血に染まった手を広げた。

「これは……」

アレックスは、唇を震わせながら警官に向かって言った。

「これは……果汁です」

＊

予想以上に深刻な状況になってしまった下界の様子を見ながら、シュナは罪悪感に蓋《ふた》をするように言った。

「ざ、ざまあみろだ。あいつにはこれくらいのお仕置きが必要なのさ」

ワンダーはアレックスを見ているといたたまれない気分になった。

ワンダーはつぶやいた。

「どうしてアレックスはあの若者をかばうようなことをしたのだろう？　あんな若者なんて放っとけばいいのに」

ワンダーはしばらく考えた後、大地に文字を刻んだ。

［ワンダーのメモ］

アレックスは、たにんをかばった。

PM 4:00　詐欺にあう

病院で傷口の手当てをしてもらい、警察の事情聴取が終わった頃に、アレックスの携帯電話が鳴った。非通知の電話から幼い女の子の声が聞こえてきた。

「パパ、私よ、私」

アレックスには全く聞き覚えのない声だった。しかし、声の主は親密なそぶりで話し続けた。

「ねえ、大変なことになってしまったの」

アレックスは首を傾げた。

「どちら様ですか？」

声の主は突然怒り出した。

「もう、ふざけてる場合じゃないの！」

困惑するアレックスの言葉を待たずに女の子は続けた。

「脅されてるの！　今すぐお金払わないと、このままどこかへ連れてくって言ってる」

そして女の子のすすり泣く声が聞こえてきた。

「とにかく警察に……」

「バカなこと言わないで。警察に言ったら私、殺されるわ。1万ポンドでいいの。そのお金を今から言う口座に振り込んでくれれば助かるの」

そして女の子は口座の番号を何度も繰り返したあと、勢いよく電話を切った。

アレックスは口座番号をメモしながら考えた。

事態が急を要しているのは間違いない。しかし、最もアレックスの頭を悩ませた問題は、アレックスには娘がいない、という事実だった。

「どういうことだ？」

アレックスはしばらく考えた。

「ま、まさか」

アレックスの顔はみるみるうちに蒼《あお》くなっていた。

「まさか、キャサリンの……」

妻のキャサリン。彼女が、まだ若い時期、自分以外の男と子供を作り、その子供が私を父親だと勘違いして電話をかけてきたのではないだろうか。

その可能性は否定できない、とアレックスは思った。

*

アレックスとキャサリンが最初に出会った場所は、まだ夏の暑い日差しが強い、ピカデリー・サーカスのニュー・ボンド・ストリートだった。人ごみと暑さに疲れたアレックスは休める場所を探していた。すると、通りに植えられた木の陰にあるベンチに座っていた女性が、席から離れて歩き出した。

アレックスはその空いたベンチに腰掛けようとした。とそのとき、ベンチに置き忘れられた、可愛らしいフリルのついた白いハンカチを見つけた。

あの女性の持ち物に違いない。すぐに届けようとハンカチをつかんだが、しかし、アレックスはそのハンカチに妙な違和感を覚えた。よくよく見てみると、ハンカチには少し変わった刺繍《ししゅう》がほどこされていたのだった。

名　前	：	キャサリン・キャンベル
誕生日	：	6. 8
血液型	：	B
スリーサイズ	：	B92　W60　H90
家族構成	：	父・母・兄
趣　味	：	読書・ドッグレース
特　技	：	料理（ビーフストロガノフetc…）
将来の夢	：	一軒家に住み、犬と子供に囲まれて暮らすこと
好きな男性のタイプ	：	優しくて、包容力のある人 体格の良い人
自分ＰＲ	：	見た目より、家庭的だとよく言われます
彼氏いない歴	：	8カ月

（交際のお申し込みはこちら）

携帯電話　07966ー33××××

e-mail　sexy_catherine@ londonbridge.net

個人情報満載のハンカチを持ち、アレックスは顔を上げた。遠くを歩いている彼女の通った道には同様のハンカチがすでに3枚ほど落ちていた。

「あ、また落とした」

アレックスは、ちょうどキャサリンが4枚目のハンカチを道に落とす瞬間を目撃した。

「こんな大胆な行動を取る女は今まで見たことがない」

アレックスはキャサリンに興味をもった。

あくる日、アレックスはハンカチにあった電話番号に連絡し、ハンカチを彼女に届けた。

キャサリンはアレックスを一目見ると舌打ちをして、ハンカチを奪い取った。そして感謝の言葉も口にせずそのまま立ち去った。しかし、冷たい態度を取られたアレックスの恋心はむしろ燃え上がった。アレックスは、キャサリンのハンカチを本格的に集めることにした。キャサリンの後をつけ、地面に落としたハンカチを拾い、時にはインターネットで「キャサリンのハンカチを集めています。謝礼あり」と広告し、最終的に84枚のハンカチを手に入れ、ロンドン中のキャサリンのハンカチを独占した。そうした上で、アレックスはキャサリンのもとへ一枚ずつハンカチを届けに行った。そして27回目にハンカチを届けたとき、キャサリンから交際のＯＫをもらったのだった。

「あれほど積極的で大胆な女だ。隠し子の一人や二人いてもおかしくない」

そんなことを考え出すと、アレックスの気持ちはどんどん沈んでいくのだった。

「そう言えば……」

アレックスは過去の記憶をたどり、キャサリンのある一言を思い出していた。

それは、ジョージが生まれたあの日、キャサリンが病院で言った第一声が、

「焼肉食べたい」

だったことだ。

アレックスは頭を抱えた。

「あの時は、なんとなくそういうものかと思ったのだが、あれが初めて子供を産んだ女の発言と言えるだろうか。普通であれば、愛おしむような目で子供を見て『かわいい』などと言うのではなかろうか。出産に馴れており、出産など取るに足らな

い行為だからこそ、あんな発言が出たのでは……」

疑い出すと、キャサリンの取った行動がすべて、隠し子がいるという事実を裏付けているような気がしてきた。キャサリンが男の子を欲しがっていたのも、昔産んだ子が女の子だったからではないのか。そう言えば、先ほどの電話の女の子の話し方はどことなくキャサリンに似ていた気がする。いや、私の話を聞かずに一方的にまくしたてるあたり、キャサリンそのものじゃないか。

「いかん……」

アレックスは妄想を暴走させている自分に気づいた。

「こんなことをしている間にも、先ほどの娘さんはどこか危険な場所へ連れていかれてしまっているかもしれないのだ。とにかく、万が一のことを考えて金を振り込むことが先決だ」

そう判断したアレックスは、電話で聞いた口座番号に1万ポンドを振り込んだ。

しかし、その結果、アレックスは自分には娘がいるのではないか、という妄想をさらに強めることになった。お金を振り込むという現実の行為によって、娘も現実に存在するような気がしてきたのだ。

「あの娘は、一体誰なんだ？」

このとき、アレックスはある重大な可能性を見逃していたことに気づいた。

それは「隠し子が、実は自分にいる」という可能性だった。

過去に付き合った女が、自分の知らない所で自分の子供を産み、しかし、その事実を知らせずに、女手一つで苦労を重ねて育て上げてきたのかもしれない。

アレックスは震える手で、今まで自分が付き合ってきた女の名前を一つ一つ書き出していった。そして全ての女性の名前を書き終わると、その紙を眺めながら身震いした。

この中に、自分の子を産んだ女がいる――。

アンジェラ Angela
オードリー Audrey

アゼイリア Azalea
バーバラ Barbara
バービー Barbie
カミラ Camilla
キャリー Carrie
キャロライン Caroline
キャシー Cathy
キャス Cath
ケイト Kate
ケイティ Katie
ケイ Kay
キティー Kitty
カレン Karen
セシリア Cecilia
セリーヌ Celine

シャーロット Charlotte
クリスティー Christie
クララ Clara
クローディア Claudia
クレメンス Clemence
コルデリア Cordelia
コーネリア Cornelia
クリスタル Crystal
シンシア Cynthia
シンディー Cindy
ダナ Dana
デイジー Daisy
デボラ Debora
デブラ Debrah
デビー Debbie

ダイアモンド Diamond
ダイアナ Diana
ダイアナ Diana
ダイアナ Diana
ダイアン Diane
ドロシー Dorothy
イーディス Edith
エリザベス Elizabeth
リサ Lisa
エリサ Elisa
リズ Liz
エルシー Elsie
リズベス Lizbeth
イライザ Elliza
ベス Beth

ベシー Bessie
ベッツィ Betsy
ベティ Betty
フランシスカ Francisca
エミリー Emily
エマ Emma
エスター Esther
イヴ Eve
フェリシア Felicia
フィオナ Fiona
ガブリエル Gabriel
ジョージア Geogia
ゴディヴァ Godiva
ハンナ Hannah
ハリエット Hariet

ヘイゼル Hazel
ヘザー Heather
ヘレン Helen
エレン Ellen
エレイン Elaine
ヒラリー Hilary
ヒルダ Hilda
ホリー Holly
アイリーン Irene
アイリス Iris
イザベル Isabel
イザベラ Isabella
アイヴィー Ivy
ジャクリーン Jacqueline
ジェイド Jade

ジェイン Jane
ジャニス Janis
ジャスミン Jasmine
ジーン Jean
ジェニファー Jennifer
ジェシカ Jessica
ジョーン Joan
ジョアン Joanne
ジュディス Judith
ジュディ Judy
ジョディ Jody
ジュリア Julia
ジル Jill
ジリー Jilly
ジュリアナ Juliana

ジュリー Julie
ジュリエット Juliet
ジューン June
ケリー Kelly
キム Kim
ローラ Laura
ローレン Lauren
ローレル Laurer
リリス Lilith
リリアン Lillian
リリー Lily
リサ Lisa
ローラ Lora
ルーシー Lucy
ルイーズ Louise

マドンナ Madonna
マーシャ Marcia
マーガレット Margaret
マーゴ Margo
マグ Mag
メグ Meg
マギー Maggie
ペグ Peg
ペギー Peggy
マッジ Madge
メイジー Maisie
マルグリット Marguerit
マライア Mariah
マリリン Marilyn
マーサ Marth

マルティナ Martina
メアリー Mary
メイ May
モリー Molly
ミニー Minie
マライア Maraiah
マリリン Marilyn
マティルダ Matilda
マティ Matty
パティ Pattie
ティルダ Tilda
ティリー Tillie
メリッサ Mellisa
ミッチェル Michelle
ミネルヴァ Minerva

ミランダ Miranda
ミリアム Miriam
モニカ Monica
よしこ　Yoshiko
ナタリー Natalie
ニコラ Nichola
ノーマ Norma
ローズ Rose
ロージー Rosie
ルビー Ruby
サロメ Salome
セーラ Sarah
サリー Sally
シャロン Sharon
シルヴィア Silvia

ソフィア Sophia

ステファニー Stefany

ステラ Stella

スザンナ Susanna

スーザン Susan

スージー Suzy

スー Sue

セルマ Thelma

テリーザ Theresa

トレイシー Tracy

ヴィーナス Venus

ヴェロニカ Veronica

ヴァイオレット Violet

ヴィヴィアン Vivian

アレックスはこの中で、一人の名前に目を奪われた。

それは、

ルーシー Lucy

だった。

「こ、この女は……」

アレックスはごくりと唾を飲み込んでつぶやいた。

「この女は、私が小学生の時、初恋をした女だ」

アレックスが小学生の時、ルーシーと席が隣になったことがあった。それは二度もあった。その後、アレックスはずっとルーシーに恋心を抱き、ルーシーを見て過ごした。遠巻きに。

結論を言えば、ルーシーという女性に関しては、関係を持つどころか、完全にアレックスの一方通行の恋心だった。

アレックスはリストを作るとき、知らず知らずのうちに、自らの願望をすべりこませていたのだ。

アレックスはそんな自分の卑しい部分に頬を赤らめ、自分の子を産んでいる可能性があるかないかを客観的に判断し、自分の子を産んでいる可能性のない女性の名前に棒線を引いて消していくことにした。

~~アンジェラ~~ Angela
~~オードリー~~ Audrey
~~アゼイリア~~ Azalea
~~バーバラ~~ Barbara
~~バービー~~ Barbie
~~カミラ~~ Camilla
~~キャリー~~ Carrie
~~キャロライン~~ Caroline
~~キャシー~~ Cathy
~~キャス~~ Cath
~~ケイト~~ Kate
~~ケイティ~~ Katie

~~ケイ Kay~~
~~キティー Kitty~~
~~カレン Karen~~
~~セシリア Cecilia~~
~~セリーヌ Celine~~
~~シャーロット Charlotte~~
~~クリスティー Christie~~
~~クララ Clara~~
~~クローディア Claudia~~
~~クレメンス Clemence~~
~~コルデリア Cordelia~~
~~コーネリア Cornelia~~
~~クリスタル Crystal~~
~~シンシア Cynthia~~
~~シンディー Cindy~~

~~ダナ Dana~~
~~デイジー Daisy~~
~~デボラ Debora~~
~~デブラ Debrah~~
~~デビー Debbie~~
~~ダイアモンド Diamond~~
~~ダイアナ Diana~~
~~ダイアナ Diana~~
~~ダイアナ Diana~~
~~ダイアン Diane~~
~~ドロシー Dorothy~~
~~イーディス Edith~~
~~エリザベス Elizabeth~~
~~リサ Lisa~~
~~エリサ Elisa~~

~~リズ Liz~~
~~エルシー Elsie~~
~~リズベス Lizbeth~~
~~イライザ Elliza~~
~~ベス Beth~~
~~ベシー Bessie~~
~~ベッツィ Betsy~~
ベティ Betty
~~フランシスカ Francisca~~
~~エミリー Emily~~
~~エマ Emma~~
~~エスター Esther~~
~~イヴ Eve~~
~~フェリシア Felicia~~
~~フィオナ Fiona~~

ガブリエル Gabriel
ジョージア Geogia
ゴディヴァ Godiva
ハンナ Hannah
ハリエット Harriet
ヘイゼル Hazel
ヘザー Heather
ヘレン Helen
エレン Ellen
エレイン Elaine
ヒラリー Hilary
ヒルダ Hilda
ホリー Holly
アイリーン Irene
アイリス Iris

イザベル Isabel
イザベラ Isabella
アイヴィー Ivy
ジャクリーン Jacqueline
ジェイド Jade
ジェイン Jane
ジャニス Janis
ジャスミン Jasmine
ジーン Jean
ジェニファー Jennifer
ジェシカ Jessica
ジョーン Joan
ジョアンヌ Joanne
ジュディス Judith
ジュディ Judy

~~ジョディ Jody~~

~~ジュリア Julia~~

~~ジル Jill~~

~~ジリー Jilly~~

~~ジュリアナ Juliana~~

~~ジュリー Julie~~

~~ジュリエット Juliet~~

~~ジューン June~~

~~ケリー Kelly~~

~~キム Kim~~

~~ローラ Laura~~

~~ローレン Lauren~~

~~ローレル Laurer~~

~~リリス Lilith~~

~~リリアン Lillian~~

~~リリー Lily~~
~~リサ Lisa~~
~~ローラ Lora~~
~~ルーシー Lucy~~
~~ルイーズ Louise~~
~~マドンナ Madonna~~
~~マーシャ Marcia~~
~~マーガレット Margaret~~
~~マーゴ Margo~~
~~マグ Mag~~
~~メグ Meg~~
~~マギー Maggie~~
~~ペグ Peg~~
~~ペギー Peggy~~
~~マッジ Madge~~

メイジー Maisie
マルグリット Marguerit
マライア Mariah
マリリン Marilyn
マーサ Marth
マルティナ Martina
メアリー Mary
メイ May
モリー Molly
ミニー Minie
マライア Maraiah
マリリン Marilyn
マティルダ Matilda
マティ Matty
パティ Pattie

~~ティルダ Tilda~~

~~ティリー Tillie~~

~~メリッサ Mellisa~~

~~ミッチェル Michelle~~

~~ミネルヴァ Minerva~~

~~ミランダ Miranda~~

~~ミリアム Miriam~~

~~モニカ Monica~~

~~よしこ Yoshiko~~

~~ナタリー Natalie~~

~~ニコラ Nichola~~

~~ノーマ Norma~~

~~ローズ Rose~~

~~ロージー Rosie~~

~~ルビー Ruby~~

~~サロメ Salome~~
~~セーラ Sarah~~
~~サリー Sally~~
~~シャロン Sharon~~
~~シルヴィア Silvia~~
~~ソフィア Sophia~~
~~ステファニー Stefany~~
~~ステラ Stella~~
~~スザンナ Susanna~~
~~スーザン Susan~~
~~スージー Suzy~~
~~スー Sue~~
~~セルマ Thelma~~
~~テリーザ Theresa~~
~~トレイシー Tracy~~

~~ヴィーナス Venus~~
~~ヴェロニカ Veronica~~
~~ヴァイオレット Violet~~
~~ヴィヴィアン Vivian~~

こうして、アレックスの子供を産んだ可能性のある女性は、

ベティ Betty
イザベラ Isabella

の二人に絞られた。
アレックスはこの二人の女性の名前を何度も何度も見比べていた。
そして、アレックスは「できれば、ベティであってほしい」と思った。
ベティは見た目もそれなりに整った、知り合いに見せても恥ずかしくない女性だった。

しかし、イザベラは。

イザベラという女性は、思い出すのがつらい女性であった。

しかし、アレックスは気づいていた。

この二人、ベティとイザベラを比べた場合、子供を産んでいる可能性が高いのは圧倒的にイザベラであることを。

——アレックスが社会人になったばかりの頃。会社の先輩に連れられて、ロンドン郊外の通りをさらにもう三本ほど奥に入ったダウンタウンに来ていた。

「男にしてやる」そう言って先輩は薄笑いを浮かべた。店に着くと、先輩は入口に座っていた老婆に向かってアレックスの背中を押すとこう言った。

「初めてなんだ。適当にみつくろってやってくれ」

その後アレックスは老婆に連れられるままに、奥の小さな部屋の一つに通された。恐る恐る足を踏み入れたアレックスを出迎えたのは——肉塊だった。

アレックスはぽっちゃりした体型の女性は嫌いではなかったが、軽く１００キロ以上ありそうなイザベラの肉体は、アレックスのキャパシティを完全に超えていた。

しかし、アレックスは逃げ出すわけにはいかなかった。アレックスが逃げ出せなかったのは、目の前の巨大な肉体からでも、初めての経験からくる緊張からでもなく、「会社の先輩から誘われた」という事実からだった。

この部屋を出たら、先輩が待っているに違いない。そしてこう言うだろう。

「楽しんだか？」

そこで、アレックスは言わねばならない。

いかに自分がハメを外したか。いかにとんでもないことを試みたか。できれば初心者が踏みがちなドジの一つや二つを用意しておきたい。そして、最後に、先輩に向かってアレックスはこう言うのだ。

「また連れてきてくださいよぅ」

こうして先輩と自分の間にはゆるぎない絆が生まれる。

それが、company（会社）なのだ。

アレックスは、部屋の入口に置いてある小さな冷蔵庫を開けると、そこからウィスキーを取り出しおもむろにイッキ飲みした。すると、視界がぐらぐらと揺れ、女の輪郭がぼやけてきた。アレックスは思った。飲むしかない。飲んで飲んで飲みまくって、視力を麻痺させるのだ。アレックスは飲んだ。しこたま飲んだ。

そして、次に気づいた時には、アレックスは裸でベッドの上にいた。

その隣にいたのは、最初に見たときよりも明らかに艶《つや》っぽくなっていた、裸のイザベラだった。


「まちがいない、あの時だ……」

アレックスは頭を抱えてその場にうずくまった。

アレックスは大きなため息をついた。そしてふらふらと歩き出した。

あの時のように、アレックスは酒を飲みたくなっていた。

小さな看板の出ているバーに入った。カウンター席に座りウィスキーのストレートを注文した。

バーテンがウィスキーをグラスにつぐ間、アレックスはぼんやりと考えていた。

やはり、会うべきなのだろうか。イザベラと会って事実を確認する、それが私の取るべき責任なのだろうか。彼女とその娘をずっとほったらかしておいた私は、彼女たちに償《つぐな》わねばならない。

アレックスはウィスキーの半分ほどを一息で飲んだ。

アレックスの飲みっぷりを見てバーテンダーが話しかけた。

「お酒、強そうですね」

「いや、そういうわけではないのだが……」

そう言ってアレックスは苦笑いをした。酒が回ってくると、アレックスは今までのいきさつをバーテンダーに話した。アレックスの話に耳を傾けていたバーテンダーだったが、最後まで聞き終わると、決まりの悪そうな顔をしながら言った。

「それって……最近問題になっている『振り込み詐欺』かもしれませんよ」

「振り込み詐欺？」

「ええ。知り合いのふりをして電話をかけてきて、お金を振り込むように言うんです。高齢者の方に被害が多いと聞いていますが」

アレックスはしばらくの間、グラスを眺めていた。確かに、冷静に考えてみると不審な点が多い電話だった。

アレックスは考えをまとめると、ゆっくりと口を開いた。

「つまり、私はだまされた、ということかな？」

「その可能性が高いかと。一応警察に届けられた方がよいと思います」

「しかし、バーテンさん。せっかくこうしてあなたと出会えたわけなのだから、この出会いを1万ポンドくらい価値あるものにすることはできないだろうか？」

バーテンダーはグラスを拭きながらしばらく考えた後、シェイカーを振り始めた。そしてアレックスの目の前にグラスを置くと、シェイカーを注ぎ込んだ。

「この飲み物を注文した覚えはないが」

バーテンダーはにっこり笑って言った。

「私からのプレゼントです」

アレックスは「ありがとう」とつぶやいてグラスに手を伸ばした。しかし、バーテンダーは手を差し出してアレックスの動きを止めた。

「ちなみに」

バーテンダーはアレックスに言った。

「このカクテルには、今、世界で最も貴重だと言われている果物、キングマンゴスチンの実が入っています。この実が入ったドリンクを飲むと、体の毒素がきれいに洗い流され体調と気分がよくなるので、幸せの実と呼ばれています」

そしてバーテンダーはグラスをアレックスの前に押し出しながら言った。

「このドリンクの通常価格は1万ポンドです。これを今日は特別に、プレゼントいたします」

アレックスは差し出された赤色のカクテルに口をつけた。

「うまい」

アレックスはにっこりと笑った。

「素晴らしいお店だ」

「ありがとうございます」

バーテンダーはそう言って微笑んだ。

そしてアレックスはプレゼントされたドリンクを飲み干すと、バーテンダーに向かって言った。

「違うパターンはあるかね？」

「はい？」

「今みたいな、『私を慰めるやりとり』の違うパターンだよ」

「違うパターン……ですか……」

バーテンダーは困った顔をしてうつむいていた。その目の前でアレックスはワクワクした表情を浮かべていた。

＊

「アレックスがまた変な遊びを始めたぞ……」

ワンダーは興味深く下界の様子を見ていた。

「アレックスの行動にはいよいよ謎が多くなってきたな」

ワンダーは、アレックスの行動を解明しようと、あれこれと頭をひねった。

「あれ？」

ワンダーはある変化に気づいた。

いつもならイラ立った態度を取るシュナが妙に落ち着いている。

ワンダーはシュナのそばに行った。シュナの様子が明らかにおかしい。遠くを見ながらブルブルと震えている。

「どうしたの、シュナ？」

するとシュナが突然騒ぎ出した。

「ま、まずいよ。まずいことになってるよ！」

シュナがそう言うのとほとんど同時に、大地に強い震動が走り、轟音《ごうおん》が鳴り響いた。真っ黒な大きな雲が現れたかと思うと、その雲に亀裂が走り、隙間《すきま》からまばゆいばかりの光が差し込んだ。

シュナとワンダーは腰を抜かして「あわわわ……」とうめき声を出した。

神々しい光を身にまとい、雲の隙間から現れたのは、全知全能の神、ゼウスだった。

PM 7:00　家が燃える

全知全能の神ゼウスは、シュナとワンダーの首根っこをつかみ、宙に持ち上げた。そして、二人をひと口で飲み込むことができてしまいそうな大きな口を開いて言った。

「お前たち、一体何をしてるんだ！」

天上界を切り裂くような声と風圧。頭が割れそうになるほど大きな声を聞いて、ワンダーは泣きだした。そして、恐怖のあまり話し始めた。

「実は、人の運命を……」

そのときシュナは「おい！」とワンダーの話を止めようとしたが、ゼウスの大きな目ににらまれ口ごもった。

ワンダーは、運命の手帳にいたずら書きをしたこと。それがアレックスという男の運命を変えることになったこと。そしてアレックスの身に何が起きたのかを話した。

ワンダーの話を聞き終わると、ゼウスは大きなため息をついた。

「何ということを……」

そして、二人の小さな神に向かって大声で叫んだ。

「お前たちは、自分が何をしたのか分かっているのか！」

ゼウスは怒りでわなわなと震え、その震動は天上界の大地を揺さぶった。

ワンダーは泣きながら訴えた。

「手帳に書かれた内容を変える方法を教えてください」

するとゼウスは首を横に振った。

「だめだ」

「で、でも、このままだとアレックスが……」

「ならん。自分たちが犯した罪を、その目に焼きつけよ」

「そ、そんな……」

ワンダーは言葉を失った。

その横でシュナはふん、と鼻を鳴らして言った。

「でも、あの男はバカだから」

するとゼウスが大きな目をギロリと見開いてシュナをにらみつけた。

「バカだから、何だ？」

シュナは縮みあがったが、お腹に力を入れて、なんとか言葉を押し出した。

「別に、たいしたことないんじゃ……」

するとゼウスは大きなため息をついて言った。

「お前だよ。本当のバカは」

そしてゼウスは片手を振りかざした。

すると天上界の大地に、アレックスが映し出された。

「その曇った目をこらしてよく見てみよ」

シュナもワンダーもごくりと唾を飲み込んでアレックスをのぞき込んだ。

＊

ロンドン市内は赤や青、緑色のイルミネーションで飾られ、ジングルベルが鳴り響き、いつにない賑わいを見せていた。その行き交う雑踏の中で、一人だけ路上に立ったまま、空を見上げている男がいた。

アレックスの顔に、曇り空からパラパラと白い雪が落ちてきた。雪を顔に受けとめながらアレックスは涙を流していた。

「どうしてこんな目にあわなければならないんだ」

アレックスは人生に何が起きようとも、どんな逆境に立たされようとも、ひたすら前向きに生きることに誇りを持っていた。しかし、アレックスの心も折れかけていた。

仕事をクビになり、詐欺にあい、金を奪われた。麻酔が切れ、若者との格闘で受けた傷が、急激に痛みを訴えてきている。

誰かといるときは、アレックスは頑張ることができた。動揺したり、意気消沈した自分は誰も見たくない。そう思ったからこそ、アレックスは色々なことを試みて今日を過ごしてきた。しかしこうして一人きりになったとき、さびしさが込みあげてくる。

（ジョージとキャサリンに会いたい）

そう思った瞬間、もう一方で違う声がする。

「しかし、どんな顔をして妻や子供に会いにいけばいいのだろうか」

アレックスの目の前を、腕を組んだ幸せそうなカップルが通り過ぎる。自分とは対照的な二人を見てアレックスはつぶやいた。

「私は一体、どうすればいいんだ」

アレックスはとぼとぼと、家に向かって歩いていた。キャサリンやジョージに会って何を話せばいいか分からなかったが、それでもやはり、アレックスの帰る場所は家しかなかった。

携帯電話が鳴った。

携帯のディスプレイに映し出されるキャサリンという文字を見たとき、一瞬電話に出るのを躊躇《ちゅうちょ》した。しかし、涙を拭い、息を吸い込むと、できるだけ明るい声で答えた。

「どうした、ハニー？」

しかし、電話の向こうから聞こえてきたのは、いつものキャサリンとはまるで違う声だった。

「あなた……」

「どうした、キャサリン」

「あなた……家が燃えているの」

アレックスは、あははは！　と大笑いして答えた。

「冗談はよしてくれよ、キャサリン」

すると電話の向こうからキャサリンの泣き声が聞こえた。

「違うの。本当なのよ。本当に家が燃えているの」

そしてキャサリンは言った。

「ジョージが、ジョージが、まだ家の中に……」

アレックスは、崩れ落ちそうになる体を必死で支えた。しかし、それでも脱力する体を支えることができず、アレックスは地面に膝をついた。

「どうして、こんなことに……」

電話の向こうで、かすかな声がした。

「助けて、あなた……」

アレックスは立ち上がって周囲を見渡した。タクシーを止めようとしたが、どの車も満席だった。アレックスは走っているタクシーの前にいきなり飛び出した。

「おい！　危ないじゃないか！」

窓を開けて顔を出した運転手に向かってアレックスは言った。

「乗せてくれ。私の家族が大変なことになっているんだ！」

無理やりタクシーに乗り込むと自宅の場所を告げた。

車が自宅に近づくにつれ、空が明るく光っているのが見えた。

「まさか、あの光が……」

アレックスは恐怖で身震いした。しかし、その恐怖が現実のものになるのにはそれほど時間がかからなかった。

家が、赤い炎に包まれていた。一階の窓から火柱がせり出し、二階へ登ろうとしている。野次馬たちが自宅の周りをとりかこんでいた。

そして、その人垣の中でひときわ大きな声で叫んでいる女がいた。キャサリンだった。

「まだ、子供が家の中にいるんです！」

何人かの男たちがキャサリンを押さえながら、

「消防士の到着を待ちましょう」

となだめすかしていた。

タクシーから飛び出したアレックスは、上着を脱ぎ、キャサリンに近づいた。

「ジョージはどこだ？　どの部屋にいる？」

アレックスの姿を見たキャサリンは涙を流しながら叫んだ。

「ジョージが！　ジョージが！」

「落ち着きなさい」

アレックスはキャサリンの肩をつかんで言った。その声は震えていた。

「キッチンで七面鳥を焼いていたの。そしたらオーブンが急に火を……」

「キャサリン、いいかい？　私の言うことをよく聞くんだ。今、ジョージはどこにいる？」

するとキャサリンはようやく息を整えて話し出した。

「二階だと思うわ。早く寝れば、サンタクロースからプレゼントがもらえるかもしれないって言ってたから」

アレックスは再び家を見た。炎は、まるでアレックスの家の新しい住人であるかのように、扉から、窓から、自分の存在を誇示している。

行かなければいけないということが頭では分かっていた。今こうしている間にも息子のジョージの命は脅《おびや》かされている。しかし、足は一歩も進むまいと決め込んでいるかのように、がくがくと震え続けていた。

燃える家の中に飛び込むシーンは、テレビドラマの中で何度か見たことがあった。しかし、現実に燃えている家を前にすると何もかもが違った。家からこんなに離れているのに、焼かれそうなくらい熱かった。

「どうすればいいんだ。どうすれば……」

アレックスは何度も何度も、拳で自分の足を殴った。しかし、アレックスの足はまるで神経が通っていないかのように、ぴくりとも動かなかった。

「この臆病者の足をどうしたら動かすことができるんだ」

アレックスは助けを求めるようにして周囲を見渡した。

そして、あるものを発見した。

「君！」

アレックスは一人の青年を指差した。アレックスの燃える家をビデオカメラで撮影している野次馬だった。アレックスはその青年に向かって言った。

「私を、撮るんだ」

青年はきょとんとした顔をしてアレックスを見た。アレックスは声を張り上げた。

「私は、あの家の主人アレックスだ。今から息子のジョージを助けるためにあの家に飛び込む。その姿を、君のその安物のカメラで撮ってくれたまえ」

（安物……）

青年はアレックスの言葉に少しひっかかったが、言われる通りにカメラをアレックスに向けた。アレックスは言った。

「これが私の生きている最後の姿になるかもしれないんだ」

青年は「最後の姿」という言葉を聞いて、緊張した顔でうなずいた。

「もし私があの家から無事戻ることができたら、いや、戻ることができなかったとしても、この映像を動画サイトのＹｏｕＴｕｂｅにアップして欲しい。そうすればこの映像は世界中で有名になるだろう。そして映像を見る者たちの中には映画化を考える者もいるはずだ。ルーカスもその一人だ。ルーカスというのは、もちろん……『スター・ウォーズ』シリーズのルーカスさ」

（何を言っているんだ、この人は……）

きょとんとした顔の青年に向かってアレックスは言い放った。

「なぜルーカスが、この出来事の映画化にこだわるのか。その理由は簡単さ。なぜなら、彼のファーストネームもまた、息子と同じ『ジョージ』だからだ！」

そう言った瞬間、アレックスは燃えさかる家へと走り出した。考えれば考えるほど、自分が何を言っているのか分からなくなってきた。しかしその考えが間違いであることを悟ってしまうと、また足が震えだして一歩も前に進めなくなる。

「ルーカスなら、ルーカスならきっと映画化を望むはずだ！」

アレックスは自分の姿が映画化されるという妄想をエンジンにして、無我夢中で走り続けた。

遠のいていくアレックスの背中を見つめながら、青年は呆然と突っ立っていた。

＊

「すごい煙だ」

体勢を低くし、煙を吸わないように気をつけながら、アレックスは燃えさかる家の中を進んだ。玄関の先の右手にあるキッチンから火が出ている。その真上にあるのがジョージのいる部屋だ。

アレックスは四つんばいになって、階段を登った。

体が焼けるように熱い。全身から滝のように汗が出ている。煙で視界がさえぎられた。それでもアレックスはハンカチを口にあてながら前へ、前へと進んだ。いつもは何気なく行き来した二階までの道のりだったが、今はどこまでも続く無限の階段のように感じられた。

やっとのことで二階にたどりついたアレックスは、廊下の奥にあるジョージの部屋を見て震え上がった。すでにジョージの部屋には炎が進入していた。

「こうしてはいられない」

アレックスは四つんばいの姿勢から立ち上がると、ゴホゴホとむせながらジョージの部屋のドアを蹴破った。

ベッドの上で布団にくるまってジョージが泣いていた。

すでに炎は部屋の壁をつたってベッドの上にいるジョージに襲いかかろうとしていた。

「パパ……」

「ジョージ！」

アレックスに会えたからなのか、煙でやられたからなのか、ジョージの目は真っ赤だった。アレックスは一刻も早く家から出るため、ジョージを抱きかかえようとした。

しかし、ジョージはベッドにしがみついて離れようとしなかった。

「何をやってるんだ、ジョージ。早く行くぞ」

しかし、ジョージは

「だって、だって……」

だだをこねて動こうとはしない。

「どうしたんだ、ジョージ？」

アレックスがイラ立った声でたずねた。するとジョージの目からわっと涙があふれ出た。ジョージは言った。

「だって、サンタさんからまだプレゼントもらってないもん……」

アレックスは顔をこわばらせ、声を荒らげた。

「何を言ってるんだ、こんな時に！」

アレックスはジョージを無理やりベッドからはがすようにして抱きかかえた。ジョージは泣きながら「プレゼント……」とつぶやいた。

アレックスはジョージのために買っておいたクリスマスプレゼントのことを思い出した。ジョージが大好きなヒーローのキャラクターグッズは可愛らしい赤色のリボンで包装されていたが、今は一階のリビングの収納の中で燃えているだろう。

このとき、アレックスの全身を言葉にならない強い感情が貫いた。

「神は、今日、私から職を奪い、金を奪い、家を奪った。そして、今、私の息子からクリスマスの楽しみを奪おうとしている」

アレックスは窓の外を見上げて言った。

「それだけは、奪わせないぞ」

アレックスは辺りを素早く見回した。

何か、ジョージを喜ばせてやれるものはないだろうか。

しかし、周囲は一面火の海だった。そこには炎があるだけだ。

アレックスは、ジョージを抱きかかえ、まだ火の届いていない、安全な廊下に移した。

そして煤《すす》にまみれたジョージの顔をハンカチで拭うと、優しく声をかけた。

「ジョージ、昔パパとサーカスに行ったのを覚えているかい？」

「うん。覚えてる」

「楽しかったか？」

「うん！　楽しかった！」

「その時、お前の一番のお気に入りを覚えているかい？」

するとジョージはしばらく考えた後、顔をパッと明るくして言った。

「ライオンさん！」

アレックスは、そのまま四つんばいになり、「グルルル……」と唸《うな》った。そして「ガオウ」とライオンの吼える真似をした。

「ライオンさん！　ライオンさん！」

ジョージが興奮して手をパチパチと叩いた。

アレックスは調子に乗ってさらに大きな声で、「ガオッガオウ！」と吼えた。煙が目に入り、喉を刺激したが、それでも泣きながらアレックスは「ガオウ、ガオウ！」と咆哮《ほうこう》した。

アレックスは、炎の勢いがさらに増してきたジョージの部屋を見た。

ジョージの部屋の扉が焼け落ち、その扉の周辺部分を炎が囲んでいる。

「見ておけよ、ジョージ」

アレックスはガウガウと唸りながら、四つんばいで走り、そのままジョージの部屋の中にダイブした。

ジョージは叫んだ。

「ライオンさんだ！　火の輪くぐりのライオンさんだ！」

そして、アレックスはまたすぐさまジョージの部屋から「ガルゥ」と飛び出してきた。ジョージはパチパチと大きく手を叩いて言った。

「すごい！　パパ、すごいよ！」

「そ、そうか？」

アレックスはジョージの言葉に気をよくし、「ガルルル」と唸った後、再び火の輪をくぐった。火はあちこちに燃え移り、天井が落ちてもおかしくないような状況だった。しかしアレックスのテンションはさらに上がっていった。部屋から廊下に飛び出たアレックスの髪の毛に火が燃え移った。「熱《あ》ちちちっ」と手で髪についた火を払いのけたが、焼けた髪の毛はちりちりになって逆立った。

「どうだ、『たてがみ』みたいだろう?」

ジョージはますます興奮した。

「すごい! パパ、すごいよ!」

アレックスは、三度目のジャンプをした。

その時だった。炎の回った天井が落ちてきて、炎の輪を一段と小さくしたのだ。

しかし、アレックスはすばやく身をひるがえし、その炎をさばいたかと思うと、完璧な体勢で着地した。アレックスはライオンとしての自分の動きに確かな手ごたえを感じ始めていた。

そうこうしているうちにも、炎は二階の部屋を焼きつくし、ジョージのいる廊下に迫りつつあった。さらに、一階のキッチンから出ている火も廊下をつたい、アレックスたちに襲いかかろうとしている。アレックスは、言った。

「背中に乗れ、ジョージ」

ジョージはニコニコ笑いながら四つんばいになっているアレックスの背中にぴょんと飛び乗った。

「お馬さん、お馬さん」

アレックスはジョージを見ると、一言いった。

「ジョージ、これはお馬さんじゃない……ライオンさんだと言ったはずだ」

ジョージを乗せたアレックスは、二階の窓をぶち破り、外に向かってダイブした。

アレックス一家の住む街全体が見おろせた。

家々の明かりは、アレックスの身に起きた出来事など知らぬように、平和にまたたいていた。

アレックスはジョージを背に乗せ、宙を舞いながら、思った。

「もしかしたら、これが私の天職なのかもしれない――」

街の向こうに、黒い空にとけこむような、地平線が見えた気がした。

二階の窓から飛び降りたアレックスは、庭の芝生に足を打ちつけた。

ジョージと痛む膝を抱えながらふらふらと歩き出した。そこにキャサリンがやってきた。

「ジョージ！」

キャサリンは泣きながらアレックスとジョージに抱きついた。

ジョージは言った。

「ママ、パパすごかったんだよ。パパはライオンさんだよ！」

「何を言っているの、ジョージ？」

困惑するキャサリンにジョージを渡したアレックスは、休むことなく、また炎で燃える自宅に向かって足を進めようとした。

「あなた、どこへ行くの？」

キャサリンがアレックスに問いかける。

「忘れ物をしたんだ」

そう言うと、アレックスは再び炎の中に飛び込んでいった。

＊

数分後。

多くの野次馬たち、そして、キャサリンとジョージが見守る中、燃え上がる炎の中からアレックスは帰ってきた。

アレックスの左手には、何なのか分からないほどに変わり果てた、丸焦げの物体があった。アレックスは温かい声で二人を励ますように言った。

「七面鳥だ」

キャサリンは、再びしくしくと泣きはじめた。

「さぁ、ジョージ、キャサリン」

アレックスはできるかぎりの笑顔を作った。

「少し遅れてしまったが、クリスマスパーティーを始めよう」

そして、ロンドンの空を赤々と照らす、炎で包まれた自宅を指差すとアレックスは言った。

「我が家のクリスマスツリーは、盛大だぞ」

アレックスはどっと涙がこみあげてくるのを我慢して笑った。そして、キャサリンとジョージを抱きしめた。

「歌おうじゃないか、ジングルベルを！」

二人の肩を、鼓舞するように叩いて、大声で歌いはじめた。

「ジングルベル♪　ジングルベル♪　鈴が鳴る……ほら！　歌おう、キャサリン！　ジョージ！　きょうは楽しいクリスマス……」

家の周囲に集まってきた人たちや、アレックスの様子をビデオカメラに収めている青年も、アレックスたちにどんな言葉をかけていいか分からず、ただその場に立っていることだけしかできなかった。

アレックスはとうとう、自分を縛っていた緊張感が解かれたように泣き出した。

「パパ、どうして泣いてるの？」

ジョージが首をかしげて言った。

「おお、ジョージ」

アレックスはジョージを抱きかかえると言った。

「煙が目に入ってね」

そしてアレックスは、七面鳥からまだ焦げていない一切れを取り出すと、ジョージの口に入れてやった。

ジョージはもぐもぐと口を動かしながら言った。

「おいしいね、パパ」

アレックスもキャサリンも目に涙を浮かべながらにっこりと笑った。

三人の家族を見守るように、クリスマスツリーはいつまでも燃えさかっていた。

＊

ワンダーが泣きながら、ゼウスに訴えていた。

「アレックスを、アレックスを助けてあげてください！」

しかし、ゼウスは鋭い目でワンダーを見ると言った。

「お前たちにできることは、あのアレックスという男を見続けることだけだ。そして、自分たちの犯した過ちをその両目にしっかりと焼き付けておくこと、それだけだ」

そしてゼウスは運命の手帳を再び開き、最後の文字を見て表情を歪めた。運命の手帳にはこう記されてあった。

PM10：00　アレックスは全てを失う

シュナは何も言わず、ただ下界のアレックスを見ていた。感情を押し殺したような表情からは、シュナが何を考えているのかは読み取れなかった。

ワンダーにはもうアレックスを見る気力すらなかった。頑張って視線を向けようとするのだが、怖くてすぐに目をそらしてしまう。両目から溢れる涙も、ワンダーの視界をさえぎった。

「アレックス、ごめんなさい、アレックス」

ワンダーは小さな声でつぶやいた。

「やっぱり僕はみんなが言う通りの『弱虫ワンダー』だ」

ワンダーはそんな自分が悔しかった。このいたずらを始めるきっかけとなったのもシュナから弱虫だとバカにされたからだった。自分が弱虫でなければ、アレックスを不幸にすることもなかった。

ワンダーはアレックスの強さの秘密を知りたいと強く願った。自分のせいで大変な思いをしているアレックスを見るのはつらかったが、自分が強くなるためにはアレックスを見なければならないと思った。ワンダーはゆっくりと深呼吸をしてつぶやいた。

「確か……アレックスは、燃える家をクリスマスツリーだと言っていた」

ワンダーは目を開いた。

「アレックスは、自分の家が燃えているというつらい出来事を、クリスマスツリーだと言ったんだ」

ワンダーは大地に文字を刻んだ。

[ワンダーのメモ]
アレックスは、つらいできごとを、いいできごとのようにかんがえた。

しかし、ワンダーは自分で刻んだ文字に疑問を感じた。何か大事なことが欠けている気がした。

「アレックスは……涙を流していた」

ワンダーは自分の記憶をたどりながらつぶやいた。

「きっとアレックスだってつらかったはずだ。職を失って、お金を失って、家を失って……アレックスだってつらかったんだ。でも、それでもアレックスはジングルベルを歌った」

ワンダーは大地を削り、こう書き直した。

[ワンダーのメモ]
アレックスは、つらいできごとを、いいできごとのようにかんがえ~~た。~~ようとした。

PM10:00　全てを失う

「ねえ、あなた」

まだ涙の乾かない目をしたキャサリンが言った。

「なんだい？」

ジョージを背中に乗せたアレックスが「ガルル……」と唸りながら振り向いた。

キャサリンはなんとか冷静さを保ちながら、ゆっくりと言った。

「あなた、さっきから、何をしてるの？」

するとアレックスは、満面の笑みで答えた。

「見ての通り、ライオンだよ、火の輪くぐりの」

「こんなときにふざけないで」

「ふざけるどころか、大真面目だよ。明日から君たちはこのライオンに養われていくわけだからね」

「どういうこと？」

＊

アレックスは、今日、自分が会社をクビになったこと、しかし、これからはサーカス団に所属し、火の輪くぐりのライオンとして働いていくから何の心配もない、ということを真剣な表情で説明した。

キャサリンは言った。

「ジョージ、行くわよ」

そしてジョージを抱きかかえると、足早に歩きだした。

「お、おい、どこへ行くんだ」

アレックスの声に振り返ることなく、キャサリンは近くの通りでタクシーを呼び止めた。車に乗り込もうとするキャサリンをアレックスは引き戻そうとしたが、キャサリンは強引にタクシーに乗り込み、車を出すよう運転手に指示した。事態の飲みこめないジョージは、窓に両手をひっつけて悲しそうな目でアレックスの姿を追い続けた。

アレックスは全速力で走ったが、タクシーとの距離が開いてしまうと、急いでキャサリンの携帯に電話をした。しかし、何度電話をしてもつながらなかった。

「なんてことだ……」

アレックスはしばらくその場で放心状態になった。そしてゆっくりと歩き出し、近くを通りかかったタクシーを止めた。アレックスはタクシーを、もう古巣となってしまったフレデリック・ウッド社に向かわせた。

一人きりになってしまったアレックスはとにかく誰かに会いたかった。アレックスは親友のロンのもとへ向かった。

「ロンならば、きっと相談に乗ってくれるはずだ」

しかし、会社に到着したアレックスは一階の扉を開いた瞬間、とっさに柱の陰に身を隠さねばならなかった。

エレベーターからロンと、そしてニールが連れ立って歩いてきた。アレックスをクビにしたニールと、ロンが楽しそうに談笑している。その様子を見ていると、今の自分と彼らの間には大きな溝があるように感じられた。エレベーターから出てきたサイモンが、笑顔で彼らの輪に加わった。その様子を見たアレックスは、別の出口からそっと会社を後にした。

ロンドンの街全体が、まるでアレックスが存在していないかのように、陽気なジングルベルを奏でていた。アレックスは自分だけが全く別の世界を生きているかのような感覚にとらわれた。

アレックスは夢遊病者のように行くあてもなく徘徊《はいかい》した。

いくつかの路地を曲がり、いくつかの通りを横切った。

信号待ちをしていたアレックスの目に、どこか見覚えのある顔が飛び込んできた。目の前に止まっている黒塗りのベンツ。その運転席にいるのは、ビンセントだった。アレックスが昼間、交渉を成功させたビンセント。アレックスはこのとき運命のようなものを感じ、車に近づいて窓を叩いた。

窓が叩かれるのに気づいて振り向いたビンセントだったが、しかし浮浪者を見るような目でアレックスを一瞥《いちべつ》すると、手で追い払う仕草をした。

「ビンセント、私です。アレックスです」

アレックスは両手で窓を強く叩きながら叫んだが、しかしビンセントは振り向こうとはしなかった。

アレックスは車から離れた。そして、近くの路地で販売されていたクリスマスケーキを購入すると、その真っ白なケーキを頭に突き刺した。その状態でビンセントの車の前に飛び出すと、両足を限界まで大きく開き、両手を頭に添えてこう叫んだ。

「ＦＵＪＩＹＡＭＡ！」

アレックスは生クリームを雪に見立て、富士山を表現したのだった。

信号が変わり、ビンセントの車が動き出した。ビンセントの車はアレックスなど見えぬかのように、まっすぐ突進してきた。驚いたアレックスは飛びのいて尻もちをついた。しかしすぐに立ち上がって、ビンセントの車を追いながら叫んだ。

「ＦＵＪＩＹＡＭＡ！」

車はスピードを増していく。アレックスも全速力で車を追った。両手を頭に添えながら。

「ＦＵＪＩＹＡＭＡ！　ＦＵＪＩＹＡＭＡ！」

しかし、車のスピードは一向に衰えなかった。アレックスは道に足を取られ、もんどり打って倒れた。ビンセントの車のナンバープレートがみるみるうちに遠のいていく。

「ＦＵＪＩＹＡＭＡ……」

アレックスの瞳からこぼれた涙の滴《しずく》が、生クリームだらけの手を濡らした。

＊

天上界の小さな神は、ずっと黙っていた。

シュナはうつむきながら唇を噛みしめて泣くのをこらえていた。ワンダーは目をぎゅっと閉じて、ひっく、ひっく、としゃくり上げていた。

ゼウスが低い声で言った。

「これが、お前たちのしてきたことだ」

遊び半分でしたことが、一人の男の人生をこれほどまでに変えてしまったことをワンダーは受け入れることができなかった。ワンダーは大声で泣きながら地面にうずくまった。

両手を地面につけると、そこには文字があった。ワンダーがアレックスの行動に興味を持ち、観察しながら記してきた文字。

ワンダーは、どうしてアレックスが度重なる不運な出来事にも立ち向かっていけるのかを、アレックスの強さの秘密を、まだ解き明かしてはいなかった。

「目をそらしちゃだめだ」

ローブの袖で涙を拭き取り、ワンダーは目を開いた。

その瞬間――。

「ああ！」

ワンダーは自分でもびっくりするくらいの声を上げた。

地上界のアレックスは、工事中のビルの建設現場にいた。工事の資材が散乱しており、周囲には誰一人いない。そこでアレックスは鉄柱にロープを縛りつけていた。まだ幼き神であったワンダーだが、その様子は過去に何度か見たことがあった。それは、人間が、自らの命を絶つときにする方法だった。

「アレックス！」

ワンダーは叫んだ。しかし、その声はアレックスには届かない。アレックスはレンガを自分の足場に積み上げると、鉄柱にロープを巻きつける作業を淡々と続けていた。アレックスの背中からは、まるで生気が感じられなかった。

「もしかして……」

ワンダーは声を震わせた。

「『全てを失う』ってことは、もう本当に、全てを失うってことで、つまり……」

ワンダーの唇が青白く染まっていった。ワンダーは自分の意識が薄れていくのが分かった。

一瞬。

ワンダーの側を、風が駆け抜けた。

「こら、何をする気だ！」

ゼウスの怒号が天上界に響きわたった。ワンダーはくらくらする頭を何度も振り、目を覚ますと顔を上げた。

ワンダーの視線の先に見えたのは、天上界の真っ白な大地を全速力で駆け抜けていくシュナだった。

（あいつ、何をやってんだ？）

最初、ワンダーはシュナが何をしようとしているのか理解できなかった。しかし、意図に気づいたワンダーは全速力でシュナを追いかけた。

「こら、お前たち！」

ゼウスの声が背中の方から聞こえた。そしてゼウスの両腕がものすごいスピードで伸びてきて、シュナとワンダーを捕まえようとする。

うおぉぉぉぉぉ！

ワンダーは全身が弾け散るのではないかと思うくらいの力で、思いきり走った。

「急げ！」

シュナが天上界の大地の端でワンダーを待っている。

そしてワンダーが到着するのと同時に、シュナとワンダーは天上界の地面を蹴った。ゼウスの片腕がワンダーの白いローブのフードを摑んだ。

ゼウスの手の中には真っ白なフードだけが残った。

＊

「こ、こんなことして大丈夫なの？」

ワンダーは震える声でシュナにたずねた。シュナはまっすぐ前を見ながら言った。

「知るもんか。でもアレックスを死なせちゃだめだ。とにかくそれだけは絶対しちやだめだ。……そんな気がする」

　そう言いながらもシュナの体は小刻みに震えていた。

　こうして白のローブを身にまとった小さな神は、生まれて初めて地上に降り立った。

　シュナとワンダーは、足もとに気をつけながらアレックスのもとに向かった。


　アレックスは工事現場の外の通りの街灯を頼りに、淡々と作業を続けていた。鉄柱にロープが固定されているかを入念に確かめている。今まで天上界から見下ろしていたアレックスが、今度は自分たちの目線よりも高い位置にいる。シュナもワンダーもアレックスに声をかけるのがためらわれた。

（早くなんとかしないと……アレックスは全てを失ってしまう）

　ワンダーはとにかく何か言葉を口にしようとした。しかし、いざアレックスを目の前にすると何と声をかけていいか分からなかった。

　最初の一声を放ったのはシュナだった。シュナはアレックスの背中に向かって叫んだ。

「おじさん！」

アレックスはそんな声は聞こえていないかのように、ロープを巻く作業に没頭している。

「おじさん！」

今度はワンダーが叫んだ。しかし、アレックスは振り向かなかった。

（もしかしたら、僕たちの声は人間には聞こえないんじゃ……）

そんなことを考え始めたワンダーだったが、しかし、アレックスは手を止めると振り向いて言った。

「なんだ、ぼうやたち。こんな時間に出歩いては危ないじゃないか」

シュナは小さな声で「俺たちの心配する前に自分の心配しろよな」とつぶやいたが、ワンダーはシュナに「しっ」と黙るように合図すると、大きく深呼吸してアレックスに言った。

「おじさん。もしかしたら、今日、おじさんは色々大変なことがあったかもしれないけど……」

アレックスは驚いたような表情でワンダーを見た。ワンダーは続けた。

「でもね、おじさん。死んでしまったらそれで終わりだよ。何も戻ってこないんだよ。今日、おじさんは全部をなくしちゃったかもしれないけど、でも生きていればきっといいこともあると思うよ。僕たちも一人前の神様になったらおじさんのために色々と……」

そう言いかけてワンダーは慌てて自分の口をふさいだ。

すると突然

「あははは！」

とアレックスは笑い出した。

「君たちは何を言い出すんだ？」

ワンダーは驚いた顔で言った。

「だっておじさん、死のうとしてたんでしょ？」

するとアレックスはもう一度大きな声で笑ったあと、

「ああ、これのことか」

と鉄柱に吊るしたロープを指した。

シュナとワンダーは、アレックスの指の先を見た。垂れ下がったロープの先にはこけしが吊るされている。アレックスが得意げに言った。

「どうだい？」

シュナとワンダーはお互いの顔を見合わせた後、アレックスに向き直ってたずねた。

「何これ？」

するとアレックスはふんと鼻を鳴らして、「よくぞ聞いてくれた」と言わんばかりの表情で話し始めた。

「確かに、今日、神様を恨みたくなるくらいに、不運な出来事ばかりが立て続けに起きた。どうしてこんなにつらい出来事ばかり起きるのだろうか？　そんなことをずっと考えていたらね……とんでもないことをひらめいてしまったのだよ」

そしてアレックスはロープから垂れ下がったこけしを指差して言った。

「日本という国にはね、明日雨が降らないようにと、紙で作った人形のようなものを軒先に飾る風習がある。『ＴＥＲＵＴＥＲＵＢＯＺＵ（てるてる坊主）』と言うんだがね。まさにそれと同じ要領で、これを軒先に吊るしておけば、明日の天気は必ず晴れる。いや、天気だけじゃない。今日まではどんなにつらい出来事があったとしても、明日は必ず幸運に恵まれる、そんな効果がこの『TERUTERUKOKESHI（てるてるこけし）』にあるというふれこみで世の中に売り出したらどうなると思う？」

そしてアレックスは、シュナとワンダーを見て言った。

「正直言って、怖いよ。自分の才能が」

＊

「そうか、売れないか……」

カフェでテイクアウトしてきたホットミルクをシュナとワンダーに渡しながら、アレックスは言った。ワンダーはホットミルクにふうふうと息を吹きかけたあと、一口飲み込み、はぁと息を吐き出すとつぶやいた。

「やっぱり見た目がねぇ……」

「確かに。君たち子供に人気になるのは間違いないが、やはり親御さんたちには理解されないかもなあ」

「いや、そういう問題じゃないと思うけど……」

そんなやりとりをしながらも、シュナは親という言葉を聞いてビクッとした。今頃天上界ではゼウスがカンカンに怒っているだろう。勝手に地上に降りてきてしまった自分たちに下されるお仕置きは何なのか、想像しただけで身震いした。

「も、もうそろそろ、僕たち行かなきゃ」

「そ、そうだね」

ワンダーもうなずいてベンチから立ち上がった。

「なんだ、もう行ってしまうのか」

アレックスはさびしそうな声を出した。しかしシュナとワンダーはアレックスが無事だということが分かった以上、できるだけ早く戻るべきだと考えた。

ただ、ワンダーはその前にどうしてもアレックスに聞いておかねばならないことがあることを思い出した。

「ねえ、聞きたいことがあるんだけど」

アレックスはコホンと咳払いをして言った。

「なんでも聞いてくれたまえ」

「どうしておじさんは、そんなに、その……前向きに生きてられるの？」

「これまた急に、どうしたんだ？」

「いや、おじさん見てたら、なんとなくそんな気がしてさ」

「なんだ？　最近、嫌なことでもあったのか？」

「そういうわけじゃないけど」

そう言いながらもワンダーは、天上界で待つゼウスのことが頭をよぎった。

その様子を見たアレックスは、まだローブにぶらさがっていた「てるてるこけし」を手に取って言った。

「持っていきなさい」

「いや、いらないから」

ワンダーは即答した。しかしアレックスは、グイッとてるてるこけしをワンダーに押しつけると言った。

「遠慮するな。これで君の明日は晴れる。きっと、晴れるさ」

「だからいらないって、こんな気味悪いやつ」

ワンダーがてるてるこけしをアレックスに押し返すとアレックスは言った。

「やっぱり気味悪いか」

そしてアレックスは空に向かってあははは！　と笑った。するとワンダーも、

「はっきり言って、あり得ないくらい気味悪いよ、これ」

そう言いながら口を大きく開けて笑った。そしてワンダーは言った。

「でも……やっぱり、これもらっていくね」

そう言って、てるてるこけしをローブの袖にしまいこんだ。

「おーい！　早く行くぞ！」もう歩き出しているシュナの声がする。

「すぐ行くから！」

ワンダーは大声で返すと、

「じゃあね、おじさん」

と手を振って駆け出した。

しかし……

ワンダーの心にはなんともいえないしこりのようなものが残っていた。それはアレックスに会ってからずっと感じていたものだった。シュナのいる場所まで駆け寄ると、ワンダーは不安のあまり話しかけた。

「ねぇ、シュナ」

「なんだよ。早く帰んないとマジでやばいから」

「それは分かってるけど……」

「じゃあ早く行こうぜ」

「でも……」

ワンダーは心の片隅にずっと引っかかっていたことを口に出した。

「アレックス、本当に大丈夫かな？」

するとシュナは鼻で笑って言った。

「大丈夫に決まってるだろ」

しかしワンダーの表情から不安は消えなかった。

「でも……」

「なんだよさっきから、でも、でもって」

「でもね、シュナ。僕たちが手帳に書いてきた内容は、全部現実になったじゃないか。一つ残らず、全部だよ。でも、今のアレックスは本当に『全てを失った』と言えるのかな？」

ワンダーの言葉を聞いたシュナは一瞬驚いた表情を見せたが、急に笑いだした。

「何言い出すかと思ったらそんなことかよ。大丈夫だよ、今だってほら」

シュナはワンダーの向こうにいるアレックスを見て指さした。その瞬間、

「ああっ！」

とシュナが叫んだ。

「えっ!?」

ワンダーはすぐさま振り返った。

ワンダーの視線の向こうでは、アレックスがこちらを見てにっこり笑って手を振っている。

「あははは。引っかかってやんの」

シュナは笑って「さ、行くぞ」とワンダーをうながした。ワンダーも安心して歩き出そうとした、その時だった。

「ん……？」

アレックスの様子が変わっていた。

今まで楽しそうに手を振っていたのに、アレックスが突然走りだしたのだ。ワンダーとシュナのいる場所に向かって全速力で走ってくる。

「なんだ、ありゃ？」

シュナはアレックスを見て言った。ワンダーも首をかしげた。

アレックスが近づいてくるにつれて、口をパクパク動かしているのが分かった。でも声が出ていない。いよいよ何をしているのか分からなくなった。その様子がおかしかったのでシュナもワンダーも次第に笑い始めた。

「あぶない！」

　全速力で突っ込んできたアレックスは、そのままシュナとワンダーを包むようにして体を覆いかぶせた。シュナもワンダーも何が起きたのか全く分からなかった。ただ、耳に、ゴォンという鈍い音が飛び込んできただけだった。

　シュナとワンダーが起き上がると、アレックスが倒れていた。その側に太い鉄製の角材が転がっている。

「え……」

　突然の出来事にシュナもワンダーも言葉を失った。何かを口にしようとするのだが、喉が震えて声が出てこない。やっとのことでワンダーが、

「シュ、シュナ」

と呼びかけた。シュナは呆然とした表情でアレックスを見ていた。

　ワンダーは堰《せき》を切ったように叫び出した。

「は、早く、何とかしないと！　ねぇ、シュナ、こういうときどうするの？　手当てする人とか呼ぶんでしょ。そうだ。救急車！　シュナ、救急車だよ！」

　ワンダーはアレックスの周りを行ったり来たりしながら叫んだ。

シュナは何も答えない。

「シュナ、何やってんの！　なんでボーッと突っ立ってんのよ！　早くしないとアレックス死んじゃうよ！」

ワンダーはアレックスを起こそうとしたが、アレックスはピクリとも動かなかった。アレックスの頭から血が流れ出し、地面を赤く染め始めていた。

シュナは仰向けに倒れているアレックスを見下ろしてぽつりと言った。

「たぶん、助からないよ」

「え……？」

ワンダーは耳を疑った。助からない？　どうしてそんなことが言えるんだ？　どうしてシュナはそんなことを言うんだ？　ワンダーはシュナの表情をのぞき込んだ。

シュナは、手を触れると凍りつきそうな冷たい表情をしていた。シュナは言った。

「やっぱり、手帳に書いた通りになるんだ。アレックスは全てを失う。その運命は変えられない。僕たちにはどうしようもない」

「そ、そんな……」

ワンダーは言葉を失った。その隣でシュナがぽつり、ぽつりと話し始めた。

「おじさん。聞こえる？」

アレックスからの返事はない。しかしシュナは淡々と語りかけた。

「実はね、おじさん。今日、僕たちはおじさんのことをずっと見てたんだ。おじさんの目覚まし時計が止まってから、おじさんの家が燃えてしまうまで、ずっとずっと見ていた。こんなことを言っても信じられないだろうけど、僕たちは、おじさんたちとは少し違うんだ。おじさんたちは、僕たちのことを神様とか、そんなふうに呼んだりするけどね。それで、どうして僕たちがおじさんのことをずっと見ていたかっていうと、実は、おじさんに不運な出来事ばかりを起こしたのは……僕たちなんだ。でもそれはおじさんが何か悪いことをしたからじゃない。おじさんには何の責任もない。ただ僕たちがいたずらでしてしまったことなんだ」

そしてシュナは両目から涙を流しながら言った。

「ごめんなさい。僕たちのせいなんです」

同時に、ワンダーも泣き始めた。

「ごめんなさい。アレックス、ごめんなさい」

二人の幼い神は地面に横たわるアレックスの上に倒れ込むようにして泣き続けた。

そのとき、アレックスの体が微かに動いた。

ワンダーは飛び上がって言った。

「おじさん！　アレックスおじさん！」

アレックスはゆっくりと目を開くと、静かにつぶやいた。

「私は、死ぬのか？」

顔一杯を涙で濡らしたシュナは、ゆっくりと首を縦に振った。

アレックスの口が動いた。アレックスは途切れ途切れの、しかし力強い声で言った。

「信じられないことだが……しかし、もし本当に、君が、今、口にしたような存在だと言うのなら、頼みたいことがある」

シュナは言った。

「僕たちにできることであれば」

するとアレックスは言った。

「妻のキャサリン――彼女は普段は強そうに振舞っているが、ああ見えて実は結構なさびしがり屋なんだ。私がいなくなってしまうときっと一人では生きてはいけないだろう。だから、私が天に召されたあと、彼女を素敵な男性に引き合わせてやってはくれないだろうか」

シュナとワンダーはうなずいた。

アレックスは続けた。

「ジョージは……」

そしてアレックスは遠い目をして言った。

「息子のジョージはわたしにはもったいないくらい賢い子だ。気が利くし頭の回転も速い。ほとんどパーフェクトと言っていい子だよ。ただ、よく風邪をひく。だから風邪をできるだけ……いや、全く風邪をひかない子というのも見ていて心配だ。だから、そうだな。彼が年に8回くらい風邪をひくところを、たとえば半分の4回あたりにしてはもらえないだろうか。こう言ってはなんだが、私はジョージが風邪をひいて寝込んでいるのを見るのが嫌いじゃないんだ」

そう言ってアレックスは笑おうとして口元を動かした。しかしその口は笑いにはならなかった。アレックスの頬を涙がつたう。

もうジョージに会うことはできない。

ジョージの寝顔を見ることができない。

アレックスがどれだけ笑おうとしても、ジョージに会うことができないという事実は、次から次へと涙を外に引っ張り出す。

そんなアレックスの様子を見ていたシュナとワンダーも泣き続けることしかできなかった。

(そろそろ迎えが来たようだ……)

アレックスは自分の意識が遠のいていくのを感じた。このまま目を閉じれば、そのまま最期を迎えることになるだろう。

しかし、アレックスは目を閉じることができなかった。自分の体の横で泣き続ける幼い神を見て思った。

(やれやれ、まだやり残した仕事があるようだ)

アレックスは最後の力を振り絞って、右手を動かした。そしてジャケットの胸元まで持っていくと、その中をまさぐった。何かを探しているようだった。ワンダーはアレックスの胸元に手を当てた。そこに入っていたのは、タバコのケースだった。

「これ？　これが欲しいの？」

シュナがタバコのケースを取り出してアレックスの手に持たせた。アレックスは震える指で、タバコを取り出した。しかし手に力が入らないのか、指につかんだタバコを地面に落としてしまった。

シュナはそのタバコを拾い上げてアレックスの口元に持っていった。

シュナはアレックスが最後の一服をしたいのだと思った。

しかし、アレックスはタバコを口にくわえようとせず、なぜかそのタバコを鼻の穴に押し込んだ。そしてタバコの先端を下唇で受け止めた。

そしてアレックスは、タバコケースからもう一本、新しいタバコを取り出そうとしていた。

「何？　何がしたいの？」

シュナは泣きながらアレックスにたずねた。アレックスは答えなかった。答えるだけの力は残されていなかった。ただ、震える指でタバコをつかみ、もう片方の鼻の穴に入れた。そして先ほどのタバコと同様に下唇で受けた。

そしてアレックスはニッコリ笑ってシュナとワンダーを見た。

それは、「ＤＯＪＯＳＵＫＵＩ（どじょうすくい）」の顔だった。

シュナもワンダーもどじょうすくいのことは知らなかったが、アレックスの顔があまりに滑稽だったので笑い出した。

「ちょっと、何やってんのおじさん。こんなときに」

その様子を見たアレックスはにっこりと微笑みながら、目を閉じた。

「おじさん……？」

アレックスは何も答えない。

「おじさん！」

シュナが叫んだ。

「アレックス、死なないで！」

ワンダーは、横たわるアレックスの体を何度も叩いた。しかしアレックスは何も答えなかった。ただそのまま体を横たえているだけだった。

ずっとアレックスを見てきたワンダーにはそれが信じられなかった。どんな不運な出来事においても、どんな逆境にも負けずに立ち向かってきたアレックス。そんなアレックスが、今、目の前でピクリとも動かず横たわっている。

ワンダーは叫びながら、アレックスの体を叩いた。

「アレックス！　戻ってきて！　アレックス！　アレックス！」

シュナが言った。

「ワンダー、もうやめよう」

それでもワンダーはアレックスを起こそうと叩き続けた。

「アレックス！　死んじゃだめだよ！　ほら！　何かやってよ！　本当はまだできるんでしょう。いつもみたいに変なことやってよ！　ねえったら！」

ワンダーは叫びながら何度も何度もアレックスの体を叩き続けた。

シュナは、ワンダーのそんな姿を見て、いたたまれなくなってきた。

「ワンダー！　もうやめろ！」

ワンダーの背中をつかみ、アレックスから引きはがそうとした。シュナはワンダーをひきずるようにして歩き出した。

その時だった。

ゴフッ。

「え？」

シュナもワンダーもお互いの顔を見合わせた。

「い、今……」

ゴフッゴフッ。

アレックスが上体を揺らしながら咳をしている。

「アレックスが……」

そしてワンダーはシュナに抱きついた。

「アレックスが、生き返った！」

アレックスは、まるで魔法でもかけられたかのように、生きる力を取り戻しつつあった。全身の血液が脈打っているのがこちらにまで伝わってくるかのようだった。

シュナはアレックスを見て不思議に思った。

どうして……？

運命の手帳に書かれたことは絶対のはず……。

「まさか！」

その瞬間、シュナの頭にあるひらめきが生まれた。そして大声で叫んだ。

「ワンダー！　今、何時だ？」

動転しているワンダーは、シュナが何を言いだしたのかさっぱり分からなかった。

シュナは周囲をキョロキョロと見渡した。そしてアレックスの腕時計を見つけると急いでのぞきこんだ。

デジタル画面は、
０：０１
を示していた。

シュナはつぶやいた。

「日が……変わってる」

そして声を荒らげてワンダーに言った。

「おい、ワンダー、日が変わってるぞ！」

ワンダーは何のことか分からず、ぽかんとした顔をしていた。

「日が変わっているんだよ！」

シュナは天上界から地上に降り立つとき、ゼウスの手から奪い取ってきた運命の手帳をローブの袖から取り出した。

「ワンダー、これ見ろよ！」

手帳を開くと、アレックスの一日に起きた多くの不運な出来事が、綺麗さっぱりと消えていた。そこにあるのは、ただの真っ白な紙だった。

シュナとワンダーは互いに顔を見合わせて言った。

「ってことは!?」

シュナは急いで運命の手帳に書き込んだ。

AM0：03　アレックスの体の傷が癒える

しばらくするとアレックスは「おお！」と歓声を上げた。

「体の痛みが嘘のように消えたぞ」

シュナとワンダーはにっこりと笑って新しく書き足した。

AM0：05　アレックスはキャサリンと仲直りする

すると、深夜0時5分きっちりに、アレックスの携帯電話が鳴った。キャサリンからだった。アレックスはすぐさま携帯電話を取った。

「キャサリン！」

アレックスは電話口でキャサリンと話し始めた。その様子を見てシュナとワンダーは微笑んだ。ワンダーが言った。

「次はどうする？」

「そうだな……」


シュナが運命の手帳に文字を書き込んでからしばらくすると、工事現場の向かいの道路に車の止まる音が聞こえた。ドアの開く音がして何者かがアレックスのところに近づいてくる。

「先ほどの『ＦＵＪＩＹＡＭＡ』、あれは、やはり君だったのか」

現れたのはビンセントだった。

アレックスはまだキャサリンと会話をしている携帯電話を肩に挟みながら、両手を頭に添えてＦＵＪＩＹＡＭＡをして見せた。

ビンセントは目頭を熱くして言った。

「素晴らしい。アレックス、君はまさに、マウント・フジだよ」

そしてこうつけ加えた。

「もし時間があるなら、今から私の家に寄っていかないか？　実はこけしの新事業を展開したいと思っていてね。ぜひ相談に乗って欲しいんだ」

「すごい、すごいよ、シュナ！」

「よーし、じゃんじゃん行くぜー！」

調子に乗ったシュナはさらに手帳に書き込もうとした。しかしワンダーがシュナの手を止めると言った。

「ねぇ、僕にも書かせて！」

シュナはしぶしぶワンダーにペンを渡した。ワンダーはにこにこしながら手帳に書き込んでいった。

AM0:20　アレックスはロンと感動の再会をする
AM0:25　アレックスの預金通帳に1万ポンド振り込まれる
AM0:30　アレックスの「アレックスマイル」が世界中で話題になる

「どう?」

ワンダーは得意げな表情で自分の書いた文字をシュナに見せた。

するとシュナは、

「こんなの全然普通じゃないか」

そしてニヤリと笑うと言った。

「やっぱり一流の神ならこれくらいはできないとな」

そしてシュナは運命の手帳に勢いよく書き連ねていった。

アレックスはハリウッドで映画デビューする
アレックスはアカデミー賞を総ナメする

アレックスはイギリス首相になる
アレックスは油田を掘り当てる
アレックスは宝くじで１００億ポンド（約2兆円）当たる
アレックスはロンドンの全ての土地を買い占める
アレックスは息をしなくても生きていけるようになる
アレックスは目が4個、足が10本になる
アレックスは寿命が１０００歳になる
アレックスは世界の王になる
アレックスはアース（地球）と呼ばれるようになる
アレックスは１００人になる
アレックスは火星と水星と木星と金星と土星を手に入れる
アレックスは……

「このばかもんが！」

空から雷のような怒号が鳴り響いたかと思うと、突然、突風が吹き荒れ、シュナとワンダーは空の中に吸い込まれて消えて行った。

その様子をアレックスとビンセントはあっけにとられて眺めていた。

＊

「お前らにはあきれて物も言えんわ」

ゼウスは運命の手帳に書かれた文字を、丁寧に消しゴムで消しながら言った。

「消しゴムかよ……」

「何か言ったか？」

ゼウスは大きな目をぎょろりと見開き、シュナを睨んだ。

シュナは慌てて口を閉じうつむいた。

「お前たちは黙って反省しておれ！」

ゼウスはそう言って手帳の文字を消す作業に戻った。

ワンダーは正座をして反省しているようなそぶりを見せながら、そっと下界の様子をのぞいてみた。

「この人、超面白いんだけど！」

若者たちがパソコンの前で大声を上げて笑っている。画面にはアレックスの大きな顔が映し出されていた。アレックスは燃える自宅を指差して言った。

「我が家のクリスマスツリーは、盛大だぞ」

そしてアレックスは泣きながら、ぎこちない笑顔を作るのだった。その笑顔があまりに不細工なので、若者たちは笑っているのだ。

アレックスが息子のジョージを助けるために燃える家に飛び込み、脱出した後に泣きながら家族三人でクリスマスを祝う様子は、ビデオカメラを回していた青年の手によって動画サイトのＹｏｕＴｕｂｅにアップされていた。この映像は、クリスマス当日だったということもあり、またたくまに世界中に広まった。こうしてアレックスの不細工な笑顔は一躍有名となった。インターネットの掲示板にはアレックスの情報が書き込まれ、アレックスの笑顔は「アレックスマイル」と呼ばれるようになっていた。

　その様子を見てワンダーは、ほっと胸をなで下ろした。

　ワンダーが運命の手帳に書いた、

AM0:30　アレックスの「アレックスマイル」が世界中で話題になる

　ゼウスはこの文字を消すのに間に合わなかったようだ。この時間までの運命は、きっと現実になっただろう。

「おい、どこを見ている」

　ゼウスの声にワンダーは慌てて顔を上げた。

「さて」

　ゼウスは運命の手帳を大事にしまいこむと、シュナとワンダーを見て言った。

「お前たちには何の罰を下そうかの」

エピローグ

「あり得ないよなあ」

シュナが雑巾《ぞうきん》をしぼりながら言った。

「う、うん」

ワンダーはせっせと雑巾を動かしている。

「でも頑張った分だけ早く終わるから」

そう言ってワンダーは大地を拭く腕に力を込めた。

しかしシュナは雑巾を投げだして、両手を頭の後ろへ持っていき寝そべった。

「早く終わるったって、軽く１００年はかかるぜ？」

そしてシュナはこれから磨き上げていかねばならない天上界の大地を見た。

真っ白な大地がどこまでも、どこまでも、広がっている。

「あ〜あ。何でこんなことになっちゃったんだろ」

シュナはため息をつきながら言った。

「もとはと言えば、君が『人を不幸にしてやろう』なんて言い出すから」

そう言ってワンダーは口を曲げた。

「なんだよ、俺のせいかよ。お前だって書いただろ」

「ま、まあそうだけど……」

ワンダーはそう言いながら大地の掃除に戻った。

「あ！」

突然ワンダーが声を出した。

「何だよ？」

「これ」

ワンダーは大地を指差した。シュナはめんどくさそうに立ち上がり、ワンダーの近くまで歩いて行き大地を見た。

「何だよ、これ」

アレックスは、いいわけをした。
アレックスは、あやまりにいった。
アレックスは、あそんでいた。
アレックスは、かんちがいした。
アレックスは、たにんをかばった。
アレックスは、つらいできごとを、いいできごとのようにかんがえ~~た。~~
ようとした。

それは、ワンダーがメモ書きのように記してきたアレックスの行動だった。

どうしてアレックスは数々の不運な出来事に立ち向かえたのか？

どうしてアレックスは逆境でも前向きに生きることができたのか？

ワンダーはまだその答えを見つけてはいなかった。

大地に書かれた文字をながめながら、ワンダーはもう一度記憶をたどっていった。

そして、ワンダーはまだ書き記していなかった、アレックスの最後の行動を思い出した。

「そういえば、アレックスは死にそうになった時、タバコを……」

その瞬間だった。

ワンダーの頭の中でバチバチと電流の流れるような音がした。今までつかみきれていなかった何かを、ワンダーはこのときにはっきりと手に入れた。

「そうだ……」

ワンダーは目を輝かせて言った。


「アレックスは、いつも、誰かを、楽しませようとしていた」

アレックスは、ただ言いわけをしたわけでもなく、謝りに行ったわけでもなく、遊んでいたわけじゃない。

アレックスは、いつも誰かを笑わせようと、楽しませようとしていたんだ。

アレックスは、遅刻をしたことをきっかけにして、オフィスのみんなを楽しませようとした。アレックスは仕事の失敗を謝りに行ったけど、ビンセントを楽しませることを忘れなかった。アレックスは自分の頭の恥ずかしい部分を使ってロンを楽しませようとした。アレックスは写真集を出すとか言ってみたり、若者をかばったりしながら、火事になった自分の家を指差して、みんなを楽しませようとしていたんだ。

そしてアレックスは、死の直前でさえも——罪悪感に苦しむ僕とシュナを笑わせようとして、あんなことをしてくれた。

確かに、アレックスの行動はいつもうまくいったわけじゃない。誰かを怒らせてしまったり、悲しみに負けてしまったこともあるけれど。

それでもアレックスは、いつも人を楽しませることを考えていた。

そして、アレックスは、そうすることを楽しんでいたように思う。

だから、アレックスは、いつも前向きに生きることができたんだ。

いや、前向きに生きるっていうのは、いつも近くにいる誰かを楽しませ、笑わせ、喜ばせようとする姿勢そのものなのかもしれない。

そして、ワンダーは大地に文字を刻んだ。

［ワンダーのメモ］
アレックスは、目の前にいる人を楽しませようとした。
つらいときも、苦しいときも、悲しいときも。

そしてワンダーはにっこりと笑うと、天上界の掃除を再開した。

その横でシュナは、

「なんだよ、それ」

とつぶやいた。

「どんなにつらくても人を楽しませるって、普通の人間がそんなことできるわけないだろ。あいつはただのバカなんだよ。バカだからできたんだよ」

そしてシュナは投げ捨てるように言った。

「アレックスから学ぶことなんて、なーんにもないんだよ」

シュナはまたごろりと寝転がった。

天上界から見上げる空は、雲一つなく、真っ青に晴れわたっている。

吸い込まれそうになるほどどこまでも続く青い空を見ながら、シュナはふとこんなことを考えた。

「そういえば、結局僕は、アレックスを不幸にすることができなかったな……」

シュナは、それからしばらくの間空を見上げていたが、突然「あっ」と声を上げて勢いよく上半身を起こした。

この時、シュナは神として最も重要な一つの事実に気づいた。

シュナはそのことを忘れないように、天上界の大地に文字を刻んだ。

これは、シュナが初めて刻んだ文字だった。

［シュナのメモ］
神は、人を不幸にすることも、幸福にすることもできない。
ただ、出来事を起こすだけ。

シュナは文字を刻み終えると、「ちっ」と舌打ちをした。

そして、雑巾を握りしめると、天上界の大地を磨き始めた。

企画協力　㈱水野敬也オフィス
山本周嗣
真壁勇貴
長沼直樹
高橋直也
遠藤大次郎
市川マミ
柏原光太郎（文藝春秋）

本書は二〇〇五年三月にインデックス・コミュニケーションズから刊行された
『バッドラック』を再構成し、改題したものです。

文春文庫

雨《あめ》の日《ひ》も、晴《は》れ男《おとこ》

定価はカバーに
表示してあります

2008年6月10日　第1刷
2025年2月15日　第9刷

著　者　水《みず》野《の》敬《けい》也《や》
発行者　大沼貴之
発行所　株式会社　文藝春秋

東京都千代田区紀尾井町3-23　〒102-8008
TEL　03・3265・1211㈹
文藝春秋ホームページ　https://www.bunshun.co.jp

落丁、乱丁本は、お手数ですが小社製作部宛お送り下さい。送料小社負担でお取替致します。

印刷製本・TOPPANクロレ

Printed in Japan
ISBN978-4-16-771797-1

（　）内は解説者。品切の節はご容赦下さい。

阿佐田哲也
麻雀放浪記1　青春篇
戦後まもなく、上野のドヤ街を舞台に、坊や哲、ドサ健、上州虎、出目徳ら博打打ちが、人生を博打に賭けてイカサマの限りを尽くして闘う「阿佐田哲也麻雀小説」の最高傑作。（先崎　学）
あ-7-3

安部龍太郎
姫神
争いが続く朝鮮半島と倭国の平和を願う聖徳太子の遣隋使計画。海の民・宗像の一族に密命が下る。国内外の妨害工作に悩まされながら、若き巫女が起こした奇跡とは——。（島内景二）
あ-32-6

浅田次郎
月のしずく
きつい労働と酒にあけくれる男の日常に舞い込んだ美しい女。出会うはずのない二人が出会う時、癒しのドラマが始まる——表題作ほか「銀色の雨」「ピエタ」など全七篇収録。（三浦哲郎）
あ-39-1

浅田次郎
姫椿
飼い猫に死なれたＯＬ、死に場所を探す社長、若い頃別れた恋人への思いを秘めた男、妻に先立たれ競馬場に通う助教授……。凍てついた心にぬくもりが舞い降りる全八篇。（金子成人）
あ-39-4

浅田次郎
獅子《しし》吼《く》
戦争・高度成長・大学紛争——いつの時代、どう生きても、過酷な運命は降りかかる。激しい感情を抑え進む、名も無き人々の姿を描きだした、華も涙もある王道の短編集。（吉川晃司）
あ-39-19

浅田次郎
大名倒産（上下）
天下泰平２６０年で積み上げた藩の借金25万両。先代は「倒産」で逃げ切りを狙うが、クソ真面目な若殿は——奇跡の「経営再建」は成るか？　笑いと涙の豪華エンタメ！（対談・磯田道史）
あ-39-20

あさのあつこ
透き通った風が吹いて
野球部を引退した高三の渓哉は将来が思い描けず焦燥感にさいなまれている。ある日道に迷う里香という女性と出会うが……書き下ろし短篇「もう一つの風」を収録した直球青春小説。
あ-43-20

（　）内は解説者。品切の節はご容赦下さい

有栖川有栖
火村英生に捧げる犯罪

臨床犯罪学者・火村英生のもとに送られてきた犯罪予告めいたファックス。術策の小さな綻びから犯罪が露呈する表題作他、哀切でエレガントな珠玉の作品が並ぶ人気シリーズ。（柄刀　一）

あ-59-1

有栖川有栖
菩提樹荘の殺人

少年犯罪、お笑い芸人の野望、学生時代の火村英生の名推理、アンチエイジングのカリスマの怪事件とアリスの悲恋。「若さ」をモチーフにした人気シリーズ作品集。（円堂都司昭）

あ-59-2

有川　浩
三匹のおっさん

還暦くらいでジジイの箱に蹴りこまれてたまるか！　武闘派2名と頭脳派1名のかつての悪ガキが自警団を結成、ご近所に潜む悪を斬る！　痛快活劇シリーズ始動！（児玉　清・中江有里）

あ-60-1

青山文平
遠縁の女

追い立てられるように国元を出、五年の武者修行から国に戻った男が直面した驚愕の現実と、幼馴染の女の仕掛けてきた罠。直木賞受賞作に続く、男女が織り成す鮮やかな武家の世界。

あ-64-4

青山文平
跳ぶ男

弱小藩お抱えの十五歳の能役者が、藩主の身代わりとして江戸城に送り込まれる。命がけで舞う少年の壮絶な決意とは。謎と美が満ちる唯一無二の武家小説。（川出正樹）

あ-64-5

阿部智里
烏《からす》に単《ひとえ》は似合わない

八咫烏の一族が支配する世界「山内」。世継ぎの后選びを巡る有力貴族の姫君たちの争いに絡み様々な事件が……。史上最年少松本清張賞受賞作となった和製ファンタジー。（東　えりか）

あ-65-1

阿部智里
烏《からす》は主《あるじ》を選ばない

優秀な兄宮を退け日嗣の御子の座に就いた若宮に仕えることになった雪哉。だが周囲は敵だらけ、若宮の命を狙う輩も次々に現れる。彼らは朝廷権力闘争に勝てるのか？（大矢博子）

あ-65-2